Luis Fernando Verissimo

Meierhoffs Verschwörung

Luis Fernando Verissimo

Meierhoffs Verschwörung

Roman

Aus dem Portugiesischen von
Barbara Mesquita

Droemer

Originaltitel: *O Opositor*
Originalverlag: Editora Objetiva, Rio de Janeiro

Besuchen Sie uns im Internet:
www.droemer.de

Die Folie des Schutzumschlags sowie die Einschweißfolie sind
PE-Folien und biologisch abbaubar.
Dieses Buch wurde auf chlor- und säurefreiem Papier gedruckt.

Umschlaggestaltung: ZERO Werbeagentur, München
Umschlagabbildungen: Mauritius / Finepic
Satz: Ventura Publisher im Verlag
Druck und Bindung: C. H. Beck, Nördlingen
Printed in Germany
ISBN-13: 978-3-426-19720-2
ISBN-10: 3-426-19720-0

2 4 5 3 1

Meierhoffs Verschwörung

»Niemand kehrt zurück vom allerletzten Fluss.
Wenn jemand erzählt, er sei am Iguê-ago gewesen und
zurückgekehrt, dann lügt er, oder er ist ein Geist.
Oder es war nicht der Iguê-ago.«

Serena

Cashew

Der Zuckerrohrschnaps redet mit der Zunge der Menschen. Ich weiß nicht, wie viel von dieser Geschichte dem Schnaps, wie viel dem Menschen zuzuschreiben ist. Ich kann auch nicht dafür garantieren, dass ich alles, was ich erzähle, gehört habe. Der Chauasca macht die Ohren empfindlicher. Die halbe Zeit über hörte ich außer der Stimme des Polen das Rumoren der Galaxien des Perseus und das Summen der Fische im Rio Negro und in den Nebenflüssen der Nebenflüsse der Nebenflüsse seiner Nebenflüsse. Vielleicht solltest auch du irgend etwas zu dir nehmen, bevor du mit der Lektüre beginnst. Ich empfehle Sapiri-Saft.

Der Mann sagte, sein Name sei Jósef Teodor. Erst als er erfuhr, dass ich aufschrieb, was er mir erzählte, zeigte er mir mit der Fingerspitze auf der Tischplatte, wie sein Name geschrieben wurde. Mit einem Akzent auf dem ersten ó. Mit f und nicht mit ph am Ende von Jósef. Teodor ohne h. Doch in der Kneipe in Manaus, in der ich ihn kennenlernte, wurde er nur der Pole genannt.

»Lass den Jungen in Ruhe, Pole!«

Das rief Hatoum, der Besitzer der Kneipe, ihm zu, als er, das leere Glas in der einen Hand und mit der anderen seinen Stuhl hinter sich herschleifend, an meinen Tisch trat.

Ich machte Hatoum ein Zeichen, »Alles in Ordnung«, und der hochgewachsene Mann mit dem großflächigen, roten Gesicht setzte sich, nachdem er die anderen Stühle vom Tisch fortgestoßen hatte, mir gegenüber. Stets denselben Stuhl hinter sich herziehend, wanderte er von Tisch zu Tisch. Er schlief, den Kopf in seine auf dem Tisch verschränkten Arme gelegt, im Sitzen auf dem Stuhl. Er nahm den Stuhl sogar mit, wenn er in der Kneipe auf die Toilette ging. Als ich ihn verwirrt von den Details seiner Lebensgeschichte fragte, welches seine Heimat sei, stand er schließlich auf und zeigte auf den Stuhl. Dort war seine Heimat. Doch das kam später. Als erstes sagte er zu mir:

»Es gibt einundzwanzig Arten und Weisen, einen Menschen mit bloßen Händen zu töten. Ich kenne sie alle.«

Er hatte Haare so rot wie seine Haut und eine raue Stimme. Sein krachendes Portugiesisch schien ihm in sperrigen Brocken aus dem Mund zu kommen. Ich hatte ihn bereits bemerkt, als ich mit dem Cashew-Saft, den Hatoum mir mit einem Blick in mein Gesicht und einem unverständlichen Satz (»Für den Anfang Cashew«) empfohlen hatte, auf einen Tisch zusteuerte.

Bei seiner Größe und dem wirren, flammenden Haar war es unmöglich, ihn nicht zu bemerken. Er war kein Mensch, er war eine Feuersbrunst. Er saß mit zwei weiteren Männern zusammen und malte mit dem Finger irgend etwas auf die Tischplatte. Die beiden anderen lächelten, so wie man vorsorglich einen wahrscheinlich Verrückten anlächelt, noch ehe man sich seiner Sache ganz sicher ist. Die übrigen Leute in der Kneipe schenkten ihm keine Beachtung. Sie kannten ihn offenbar schon seit langem.
Er verließ die Kneipe niemals. Ich konnte ihn nicht dazu überreden, seinen Stuhl stehen zu lassen, mit mir den Rio Negro hinaufzufahren und mir den Ort zu zeigen, an dem er Dr. Curtis beerdigt hatte – oder vielleicht auch nicht. Hätte er meine Aufforderung befolgt, es wäre das erste Mal in fünf Jahren gewesen, dass er aus der Kneipe herausgekommen wäre. Das erste Mal in fünf Jahren, dass er seine vierbeinige Heimat hinter sich gelassen hätte.
»Es gibt einundzwanzig Arten und Weisen, einen Menschen mit bloßen Händen zu töten. Ich kenne sie alle.«
Ich sagte etwas wie »Ach wirklich?« und lächelte ebenfalls so, wie man einen wahrscheinlich Verrückten anlächelt. Er prüfte mein Gesicht mit seinen blutunterlaufenen Augen eines langjährigen Trinkers. Wie um abzuwägen, ob ich es wert sei, noch mehr über ihn zu erfahren. Dann schaute er auf meinen Cashew-Saft und

gab, ohne den Mund aufzumachen, einen verächtlichen Laut von sich.

Er streckte mir die Hand entgegen und sagte:

»Jósef Teodor.«

Ich schüttelte sie und nannte meinen Namen. Er wollte meine Hand gar nicht wieder loslassen. Dann zog er mich zu sich heran und sagte, den Mund nur ein paar Zentimeter weit von meiner Nase entfernt:

»Wie alt bist du?«

Ich nannte mein Alter, und er gab abermals einen Laut der Verachtung von sich.

»Ha! Du hast keine Ahnung.«

»Pole!«, rief Hatoum hinterm Tresen. »Lass den Mann in Frieden.«

Aus Hatoums Tonfall schloss ich, dass so etwas dauernd vorkam. Ständig belästigte der Pole die neuen Gäste in der Kneipe. Er beachtete Hatoum nicht weiter und fragte:

»Was weißt du?«

»Was sollte ich wissen?«

Er ließ meine Hand los und malte mit dem Finger rasch etwas auf die Tischplatte.

»Sag mir, was das ist.«

Ich hatte kaum erkennen können, was er gezeichnet hatte. Es sah aus wie drei Buchstaben. Oder wie eine Art Symbol. Ich sagte:

»Ich weiß es nicht.«

Er warf sich auf seinem Stuhl zurück, als gäbe er es auf. »Du hast keine Ahnung«, wiederholte er.

Ich hatte seine schlimmsten Befürchtungen über Cashewsafttrinker bestätigt.

Ich war in die Kneipe hineingegangen, weil ich etwas Flüssiges zu mir nehmen musste. Irgend etwas anderes als das Mineralwasser aus der Minibar im Hotel, das ein Vermögen kostete. Den ganzen Nachmittag über hatte ich mit Serena auf der Matratze, der einzigen Alternative in ihrer Wohnung, wenn man nicht stehen wollte, Chauasca-Tee getrunken. Abgesehen davon, dass ich von dem Chauasca Reisen unternahm, ohne die Matratze zu verlassen, und das Flüstern des Mondes hören konnte, verursachte er mir einen Mordsdurst. Die Kneipe befand sich in der Nähe des Hotels. Ich war in Manaus, um eine Reportage über die halluzinogenen Kräuter und Früchte des Amazonas zu schreiben. Das Tageshonorar, das die Zeitung zahlte, war kümmerlich. Ich hatte darum gebeten, länger in Manaus bleiben zu dürfen, um intensiver zu recherchieren. In Wahrheit wollte ich länger mit Serena zusammen sein, die halb Indianerin, halb Dänin war. Im wahrsten Sinne des Wortes. Von der einen Seite betrachtet, war sie weiß mit schwarzen Strähnen im blonden Haar, von der anderen Seite Indianerin mit blonddurchsetztem, schwarzem Haar. Ihre Stimme war aus Seide. Und wenn sie zum Orgasmus kam, machte sie »gögre, gögre«, was (so sagte sie) alle Däninnen tun, wenn sie kommen. Sie war sich allerdings nicht sicher wegen des Tremas. Mein Redakteur Alvarinho, das Arschloch, hatte sich damit einverstanden erklärt, mir mehr Zeit zu gewähren, sofern die Zeitung mir nicht mehr Geld schicken musste. Und mein Entschluss, auf das teure Mineralwasser im Hotel zu verzichten, hatte mich dazu bewogen, die Kneipe, diese Geschichte und dieses Labyrinth zu betreten. Erschöpft und verzückt war ich die Straße hinuntergegangen, nachdem ich bis vier Uhr nachmittags mit Serena geschlafen hatte, deren Daumen amputiert sind und die meinen Schwanz genau wie die Chauasca-Tasse sanft mit beiden Händen, der weißen und schwarzen, umfasst hielt. Ihre amputierten Daumen hatten irgend etwas mit einer Sekte und dem linken Daumen des Fra Angelico auf einem bestimmten Wandgemälde in Italien zu tun, doch hatte ihre Erklärung sich damals in dem geistigen Nebel verloren, in dem ich, bewirkt durch den Tee und die Hitze von Manaus, lebte. Auf dem Rückweg von Serenas Haus war ich bereits des öfteren an der Kneipe vorübergegangen, doch an diesem Tag spähte ich durch die Tür und sah hinter dem Tresen, eingerahmt von allerhand Früchten, wie in einer tropischen Allegorie, Hatoum stehen. Eine Allegorie Brasiliens: der dicke Hatoum, Sohn arabischer

Einwanderer, umgeben von der einmaligen Herrlichkeit Amazoniens und so sehr Teil der Umgebung, dass sein Gesicht ebenfalls wie eine Frucht aussah. Er war eine große, schnurrbärtige Jambuse. Hinter ihm in weißen Lettern auf schwarzem Grund eine Liste der hausgemachten Säfte, die meisten mit Namen, die ich nicht kannte: Açaí, Serigüela, Buriti, Bacuri, Patavá, Sapiri … Nein, Sapiri kannte ich. Serena hatte mir davon erzählt. Aber sie hatte gesagt, ich sei für den Sapiri noch nicht reif. Geheimnisvoll hatte sie gesagt, der Sapiri käme erst am Schluss.

Als ich meinen herkömmlichen Cashew-Saft zum Tisch trug, sah ich, wie der Pole die beiden Gäste belästigte und etwas mit dem Zeigefinger in den Tisch ritzte. Seine Erscheinung machte mich neugierig.

Ich erfuhr, dass er in einem improvisierten Bad hinter Hatoums Kneipe duschte. Und dass er für Hatoums Duldsamkeit zahlte, genau wie für die alten Kleider, die dieser ihm dafür gab, dass er sich als inoffizieller Wächter der Kneipe betätigte. Er verließ sie nie, nicht einmal, wenn Hatoum die Türen abschloss und nach Hause ging. Selbst wenn er betrunken war, reichten seine Statur und sein großes, rotes Gesicht, um Diebe, Raufbolde und sogar Insekten zu verjagen. Allmorgendlich fegte er gegen etwas zu essen die Kneipe aus. Er war eine Vogelscheuche von vielfältiger Nützlichkeit. Seinen Zuckerrohrschnaps bezahlte er mit dem, was er wissbegierigen oder schicksalsergebenen oder betäubten Gästen wie mir abringen konnte. Und niemals in den fünf Jahren hatte er seine einsamen Nächte in der Kneipe, während deren er wie unzertrennlich auf seinem Stuhl saß und sein roter Kopf auf einem der Tische ruhte, dazu ausgenutzt, von Hatoums Cachaça zu stehlen. Das erzählte mir Hatoum, als ich ihn fragte, ob die Geschichten des Polen wohl stimmten. Womit er sagen wollte, dass er, wenn schon ein Lügner, dann ein ehrlicher Lügner war. Trotzdem ließ ich meine Kamera nie in Reichweite seiner Hände liegen.

Der Pole hatte die Augen eines Amerikaners. Die Iris war tiefblau, um den restlichen Platz stritten sich Weiß und Rot. Bart, Nase und Wangen im gleichen Ton verliehen seinem Gesicht das Aussehen eines schlechtgemalten Aquarells, in dem die Farbe verlaufen und in feinen roten Linien in die Augen eingedrungen war. Sein Alter war unbestimmbar, zwischen fünfzig und sechzig Jahren, ungefähr doppelt so alt wie ich. Er sprach korrekt, ja sogar mit einer gewissen Förmlichkeit, wie Menschen es für gewöhnlich tun, wenn sie in einer anderen als ihrer Muttersprache sprechen. Sein Akzent war undefinierbar, und mir fiel auf, dass er ihn zuweilen vergaß, zuweilen betonte. Er war ein Schauspieler. An jenem ersten Tag, nachdem er zu dem Schluss gelangt war, dass ich keine Ahnung hatte und vermutlich auch nie etwas lernen würde, nachdem er meine ganze Generation aufgegeben hatte, schien er beschlossen zu haben, dass wir doch noch eine Chance verdienten. Er hob die rechte Hand, mit der Innenfläche und den ausgestreckten Fingern zu mir gewandt, und fragte:

»Was siehst du hier?«

»Fünf Finger?«

Mit dem Zeigefinger der anderen trommelte er auf die Finger der geöffneten Hand. Eins, zwei, drei, vier.

»Das sind die vier Organisationen, die die Welt beherrschen.«

Er hielt die Kuppe jedes einzelnen Fingers fest und schüttelte sie, als wolle er sie züchtigen.

»Eins … zwei … drei … vier … Die vier haben Vertreter in der Meierhoff-Gruppe. Hast du schon mal von der Meierhoff-Gruppe gehört?«

Nein, ich hatte noch nie von der Meierhoff-Gruppe gehört. Mit übertrieben erstauntem Gesicht und offenem Mund warf er sich abermals zurück.

»Wo lebst du eigentlich? Was machst du?«, fragte er, nachdem er sich von seinem gespielten Schock erholt hatte.

»In São Paulo. Ich bin Journalist.«

»Ein Journalist, der keine Ahnung hat …«

Es war zwecklos. Bei mir waren Hopfen und Malz verloren. Einen Moment lang saß er mit hängendem Kopf da und schaute in sein Glas, als versuchte er zu entscheiden, ob es sich lohnte fortzufahren. Als er den Kopf hob, suchte sein Blick Hatoum.

Er würde eine Stärkung benötigen, um mich noch länger zu ertragen.

»Hatoum, bring mir noch ein Glas. Dies hier ist leer. Der Junge zahlt.«

Hatoum ignorierte ihn. Er öffnete abermals die linke Hand, die Innenfläche zeigte zu mir. Er würde die Lektion wiederholen.

»Pass auf. Es sind vier Organisationen. Zusammen maximal siebzehn Personen. Einige davon gehören mehr als einer Organisation an. Und weißt du, was sie entscheiden?«

»Was?«

»Alles.«

»Alles?«

»Alles.«

Die Wirkung des Chauasca ließ allmählich nach. Die Stimme des Polen vermischte sich in meinen Ohren nicht mehr mit sämtlichen Geräuschen der Stadt, des Urwaldes und der Flüsse. Ich hatte nichts mehr zu tun in Manaus. Nachdem ich Serenas Tee zu trinken begonnen hatte und Reisen auf ihrer Matratze unternahm, war ich dazu übergegangen, mir die Reportage über die Kräuter auszudenken. Meine Recherchen in den Kräuterhandlungen der Stadt hatte ich aufgegeben und betrieb meine Forschungen nun in den Armen Serenas, dem hellen und dem dunklen.

Serena hatte versprochen, mich auf Streifzüge durch den Urwald mitzunehmen, doch war ich noch nicht aus Manaus herausgekommen. Sie hatte versprochen, mit mir den Rio Negro hinaufzufahren und das Labyrinth der Nebenflüsse der Nebenflüsse seiner Nebenflüsse zu erkunden. Sie hatte den Nebenfluss eines Nebenflusses eines Nebenflusses des Rio Negro erwähnt, der nicht oder nur in den lokalen Mythen existierte. Der Iguê-ago, was so viel heißt wie Fluss der Einsamkeit oder Fluss, der nicht existiert, oder allerletzter Fluss. Wer sich im Labyrinth der Nebenflüsse der Nebenflüsse der Nebenflüsse des Rio Negro verirrte, lief Gefahr, auf den Iguê-ago zu geraten und sich selbst ganz unverhofft als totem Mann zu begegnen. Doch wir verließen Manaus gar nicht erst. Im Anschluss an die schweißtreibenden Liebesnachmittage und den Chauasca ging ich ins Hotel und schrieb auf, was Serena mir erzählt und was ich halluziniert hatte. Nicht immer gelang es mir, das eine vom anderen zu unterscheiden. Hatte ich nun von Serena gehört oder mir im Rausch vorgestellt, dass es nicht nur medizinische, sondern auch chirurgische Pflanzen gab, die, wenn man sie mit einem Patienten allein ließ, sich um diesen herumwanden, seine Geschwulst ausfindig machten und sie durch Fleisch und Haut hindurch aus ihm herausbeförderten? Und was war mit der fleischigen Frucht, von deren Saft man fliegen konnte, und die bei manchen Stämmen im Amazonasgebiet das Kanu als wichtigstes Fortbewegungsmittel ersetzte? Und der Sapiri, der je nach der geistigen Befindlichkeit, in der er getrunken wurde, tötete, hypnotisierte oder ins Paradies des Vergessens führte und für den ich noch nicht reif war? Hatte Serena mir tatsächlich erzählt, dass sie eine Freundin namens Adi hatte, die halb Frau, halb Schlange war, und mir versprochen, dass sie sie auf unsere Matratze mitbringen würde, oder war das eine Halluzination von mir? Und was war mit den anmutigen Schweinsfischen? Und den hundsgroßen Kröten? Ich brauchte nur ein wenig Zeit und musste Flüssigkeit zu mir nehmen, um auf dem Weg von Serenas Armen zu meinem Notebook wieder zu mir zu kommen, und in der Kneipe war es kühler als im Hotelzimmer. Deshalb war ich an jenem ersten Tag, zu Beginn jener merkwürdigen Woche, in der Kneipe hängengeblieben. Am Eingang zum Labyrinth. Und weil der Pole mich neugierig machte. Ich wollte wissen, warum dieser hünenhafte Trunkenbold unbekannter Herkunft dort gestrandet war, warum er in einer Kneipe in Manaus seinen Stuhl hinter sich herschleifte und Fremde belästigte. Seine Geschichte strotzte gewiss nur so vor Potenzial.

Strotzend vor Potenzial. Meinen ersten Artikel hatte Alvarinho, das Arschloch, mit den unterstrichenen Worten »strotzend vor Potenzial« darunter an das Mitteilungsbrett in der Redaktion geheftet und verkündet, ehe er vor Lachen fast am Boden zusammenbrach, bei der Zeitung laufe ein Alltagsdichter mit eigenwilligem Stil frei herum. Von da an sagte er jedes Mal, wenn er mir ein Thema auftrug, es strotze nur so vor Potenzial, auch wenn es um Schönheitssalons für Haustiere ging. »Erforschen Sie das gesamte Potenzial, es strotzt nur so davon«, sagte er zu mir, wenn er mich zu einer Reportage für die Kultur- und Banalitätenbeilage losschickte, die er herausgab. Die Lebensgeschichte dieser roten Vogelscheuche war bestimmt faszinierender als jede der unglaubwürdigen Geschichten, die er mir gegen Cachaça zu erzählen hatte. Das Potenzial, vor dem Jósef Teodor nur so strotzte, lag auf der Hand.

An jenem ersten Tag am Rande des Labyrinths erklärte ich, meines Wissens sei es die G-7, die »alles« entscheide, die Gruppe der sieben reichsten Länder der Welt, und hinter den Kulissen die Trilaterale Kommission und hinter der Trilateralen Kommission die Rockefellers. Er zögerte.

Ich hatte nicht die geringste Ahnung von dem, was ich da von mir gab. Ich hatte von besagter Trilateraler Kommission lediglich gehört und wollte unter Beweis stellen, dass ich nicht völlig naiv war.

Doch sein Zögern währte nicht lange. Er machte eine Handbewegung, mit der er meine einfältigen Theorien vom Tisch wischte.

»Die haben überhaupt nichts zu sagen. Die sind nur Fassade. Wer seit dem Ende des Zweiten Weltkriegs alles entscheidet oder es zumindest versucht, ist die Meierhoff-Gruppe. Sie versammeln sich in einem Hotel in der Nähe von Vilvoord und entscheiden, was auf der Welt passieren soll. Manchmal halten sie Eilsitzungen ab. Es war nach einer solchen Eilsitzung, als sie ...«

»Wer sind sie?«

Der Pole war ungehalten über meine Unterbrechung.

»Du würdest sie sowieso nicht kennen. Es sind die siebzehn Personen, die heutzutage zählen auf der Welt. Die einzigen, die zählen. Neun sind Amerikaner. Zusammen kontrollieren sie über 73 Prozent des Reichtums auf der Erde.«

An den folgenden Tagen sollte diese Zahl jedes Mal, wenn sie genannt wurde, variieren. Von 65 bis 88 Prozent.

»Und wer sind ...«

»Stop!«, sagte der Pole. »Willst du die Geschichte nun hören oder nicht?«
»In Ordnung«, sagte ich und gab mir Mühe, nicht zu lachen. »Erzählen Sie weiter.«
Der Pole hob sein leeres Glas in Hatoums Richtung, als proste er ihm zu. Hatoum sah zu mir herüber. Ich nickte ihm zu, zum Zeichen, dass ich die stumme Bitte guthieß. Hatoum kam mit einer Flasche Cachaça hinter dem Tresen hervor und schenkte das Glas des Polen voll. Er fragte mich:
»Belästigt er Sie?«
»Nein, nein.«
Das Zuprosten des Polen galt nun mir. Mit vollem Glas.
»Danke, mein Freund. Ich werde dir die außergewöhnlichste Geschichte erzählen, die du je gehört hast. Schade, dass deine Zeitung sie nicht veröffentlichen wird.«
»Warum nicht?«
»Weil es eine außergewöhnliche Geschichte ist. Und außergewöhnliche Geschichten sind gefährlich. Sie bedrohen die gewöhnlichen Geschichten, die Fassadengeschichten, mit denen die Dummköpfe unter Kontrolle gehalten werden. Außergewöhnliche Geschichten werden nur als Fiktion geduldet, niemals als Tatsache. Nur, wenn sie von Betrunkenen in einer Kneipe erzählt werden. Niemals als Tatsache. Die Wahrheit ist gefährlich.«
Ich machte mich also darauf gefasst, die Geschichte einer

kleinen Gruppe von Mächtigen zu hören, die die Welt beherrscht, nichts als eine paranoide Säuferthese mehr über das, was hinter allem steht, einschließlich seines persönlichen Elends. Nichts sonderlich Außergewöhnliches. Eine Halluzination mehr. Eine weitere Auswirkung der Hitze von Manaus. Oder vielleicht auch nicht.

Der Pole hatte die Hand abermals erhoben und die Finger gespreizt.
»Vier«, sagte er. »Vier Organisationen beherrschen die Welt. So wie die vier Finger dieser Hand.«
»Und was ist mit dem?«, fragte ich und zeigte auf den Daumen.
»Der sind wir.«
»Wer ist ›wir‹?«
Er verscheuchte meine Frage wie eine lästige Fliege. Das würde später kommen. Vier. Vier Organisationen waren es, die hinter allem standen. Sogar hinter den Rockefellers. Und diese vier bildeten die Meierhoff-Gruppe, die sich regelmäßig traf, um zu entscheiden, was auf der Welt passieren sollte und was nicht. Manchmal hielten sie, wie gesagt, Eilzusammenkünfte ab. Und nach einer solchen Eilsitzung war es gewesen, als er, Józef Teodor, die Einberufung erhalten hatte. Sie brauchten ihn für eine Mission. Warum ihn? Warum

zum Beispiel nicht Jamal, den Kleinen Türken? Weil Jósef, der Torpedo, niemals das Ziel verfehlte. Und als sich später dann herausstellte, dass die Mission in Brasilien enden und die Rettung eines ebenso wahnsinnigen Mannes, wie er selbst einer war, einschließen würde, hatte er sich als die ideale Wahl entpuppt. Denn er war ebenso ein Fachmann für menschliche Psychologie wie für die einundzwanzig Arten und Weisen, mit bloßer Hand zu töten, und er hatte schon oft in Brasilien gearbeitet. Er kannte sich auf beiden Gebieten aus, in Amazonien und mit der menschlichen Seele. Mit den beiden Urwäldern, mit den beiden großen, zu wenig erforschten Regionen der Welt, sagte er und prüfte mein Gesicht, um sich zu vergewissern, dass mir sein Satz nicht entgangen war. Warum er? Weil er der Beste war. Und weil er wusste, was Schuld aus den Menschen macht.

Worin bestand seine Mission? Einen Mann zu jagen. Ihn zu finden und, wenn nötig, zu töten.

Welchen Mann? Rasch zeichnete er mit dem Finger ein Dreieck in eine imaginäre Landkarte vor sich ein und verkündete die Namen von dessen Seiten, als seien es die Gewinner von Preisen. »Rio Negro!«, »Amazonas!«, »Äquator!«. Er erklärte, dass die beiden großen Flüsse und die Linie des Äquators die Grenzen des mythischen Amazonien gewesen waren, des magnetischen Amazo-

nien, einem der Punkte des Zusammentreffens von irdischer Spiritualität und kosmischer Kraft, auf den sich, seit die Existenz des großen Urwaldes bekannt geworden war, die Begierde der Menschheit konzentrierte. Dort würden sie zu finden sein, die Pyramiden aus Gold und die Diamantflüsse, die sich die ersten Pioniere ausgemalt hatten, und das Öl unmittelbar unter der Erdoberfläche, von dem die neuen Pioniere träumten. Aber es gab keine Pyramiden aus Gold. Es existierten keine Diamantflüsse. Und es gab kein Erdöl. »Anders, als ihr denkt«, sagte der Pole. Ich weiß nicht, ob er damit sagen wollte »ihr Brasilianer« oder »ihr Cashewsafttrinker«. Was aber seine Beute, der Mann, den er jagte, in dem Dreieck suchte, war etwas sehr viel Kostbareres.
»Was?«, fragte ich.
»Ein Gegengift. Und seine Erlösung.«
»Ein Gegengift?«
Doch dem Polen stand nicht der Sinn danach, sich drängen zu lassen. Er hatte eine Menge Zeit, um seine Geschichte zu erzählen. Mehr als fünf Jahre, wenn nötig, sofern ich ihm ein volles Glas garantierte.

»Hatoum!«
Das Glas wurde hochgehalten, und der Pole wies auf eine weitere Besonderheit hin: Es war leer. Hatoum schüttelte den Kopf, kam aber trotzdem mit dem Zu-

ckerrohrschnaps herbei und sagte mir bei der Gelegenheit, falls der Pole mich belästige, brauche ich ihn nur vom Tisch fortzuscheuchen, ihn und seinen Stuhl. Doch war es der Pole, der mit einer überlegenen Handbewegung Hatoum fortschickte. Er hatte etwas Selteneres und Wertvolleres als Gold, Diamanten, Erdöl oder Erlösung inmitten des Urwaldes gefunden: einen aufmerksamen Zuhörer. Es war offenkundig, dass seit langer Zeit niemand in der Kneipe so viel Geduld für ihn aufgebracht hatte wie ich.

»Wen sollten Sie umbringen?«, fragte ich zur Probe.

»Nennen wir ihn einfach den Doktor.«

»Wer wollte seinen Tod?«

»Die Meierhoff-Gruppe.«

»Wer ist Meierhoff?«

»Niemand. Das ist der Name eines Hotels in der Nähe von Vilvoord in Belgien, in dem sich die Gruppe trifft.«

»Und warum wollte die Meierhoff-Gruppe den Tod des Doktors?«

»Weil ...« – der Pole neigte sich zu mir herüber, als wolle er mir etwas Vertrauliches mitteilen, sprach jedoch lauter als zuvor – »... der Doktor einer Krankheit zum Opfer gefallen war, mit der sich Imperien niemals herumplagen müssen, die für den Menschen aber tödlich ist. Er hatte Gewissensbisse.«

»Und was hatte der Doktor getan, das ihm Gewissensbisse bereitete?«

Doch der Pole wollte die Gelegenheit, mich auch mit seiner Gelehrtheit zu beeindrucken, nicht ungenutzt verstreichen lassen. Einen seltenen Zuhörer wie mich würde er auskosten.

»›Le remords, qui se nourrit de nous comme le ver des morts.‹ Baudelaire. Was wir essen und was uns zur Vergeltung die Seele zerfrisst. Was uns zurückbeißt.«

Ich versuchte es auf anderem Wege.

»Warum stellten die Gewissensbisse des Doktors eine Bedrohung für die Meierhoff-Gruppe dar?«

»›That perilous stuff which weighs upon the heart …‹ Shakespeare.«

Ich probierte noch einen aus:

»Und haben Sie den Doktor schließlich umgebracht?«

Seine Hände vollführten eine Bewegung, als ob sie jemanden erwürgten, aber er sagte nichts.

Dann erklärte er:

»Man nehme einem Mann den Atem, und all seine Gewissensbisse sind verschwunden.«

Zum ersten Mal lächelte er. Und ich schloss gleichzeitig Bekanntschaft mit seinen gelben Zähnen und seiner philosophischen Ader.

Rio Negro, Amazonas und die Äquatorlinie. Was hatte der Doktor in dem Dreieck gesucht? Ein Gegengift wofür? Doch der Pole war plötzlich verlorenen Blickes verstummt. Auch ihm war das Herz von irgend etwas schwer. Ich gelangte zu dem Schluss, dass es sinnlos war weiterzubohren. Den Rest der Geschichte würde ich peu a peu erfahren. Vielleicht brauchte er Zeit, um sich den Rest auszudenken. Wahrscheinlich war er mit seiner Erzählung noch nie zuvor so weit gediehen, und er musste die Fortsetzung improvisieren, um seinen idealen Zuhörer nicht zu verlieren. An Zeit mangelte es dem Polen jedenfalls nicht.

Auch nicht an Cachaça, wie ich mich durch eine rasche Überprüfung von Hatoums Regalen vergewisserte. Und ich hatte ebenfalls Zeit. Seit Alvarinho, das Arschloch, sich damit einverstanden erklärt hatte, mir mehr Zeit für die Reportage zu geben, fühlte ich mich entpflichtet, fühlte mich wie der Inhaber einer offiziellen Genehmigung zum Herumlungern und für den Rausch. Serenas Tee hatte meine Sinne erweitert, es war, als befände ich mich im Zentrum einer ewigen Gegenwart, inmitten der Geräusche aller Dinge, sogar der Galaxien des Perseus, und selbst das, was ich im Hotel in mein Notebook tippte, schien schon da zu sein, auf magische Weise fertig, es wartete nur auf die Berührung meiner Finger, um sichtbar zu werden. Aber ich musste tippen, damit der Text erschien. So interessant dieser rote Erzähler auch sein mochte, ich konnte ihm nicht bis in alle Ewigkeit zuhören. Ich musste arbeiten und meine jämmerlichen Tageshonorare rechtfertigen. Und er hatte sich in Schweigen gehüllt. Als er wieder zu sprechen begann, wirkte er wie ein anderer Mensch. Das Reden bereitete ihm Schwierigkeiten, die Zunge verhedderte sich. Sein undefinierbarer Akzent war nun stärker, er war schwer zu verstehen. Später erzählte Hatoum mir, dass es jeden Tag das gleiche war. Er schenkte keinen Cachaça mehr an den Polen aus, selbst nicht, wenn irgend jemand bezahlte, doch die vielen während des Tages geleerten Gläser zeitigten allmählich ihre Wirkung, und am späten Nachmittag wurde er immer so, war zusammenhanglos und redete unverständliches Zeug. Der Zuckerrohrschnaps nahm seine Zunge endgültig in Besitz. Der letzte, halbwegs sinnvolle Satz, den ich ihn an jenem ersten Abend sagen hörte, war irgend etwas wie, das schnelle Verfaulen in den Tropen sei im Grunde keine Naturerscheinung, sondern eine moralische Sentenz. »Die Reiche verfaulen von ihren Außengrenzen her«, sagte er. Ich verstand nicht. Als ich mich erhob, um zu gehen, lag er schon mit dem Kopf im Nest seiner Arme über den Tisch gebeugt. Hatoum erzählte mir, dass er die ganze Nacht dort verbringen und früh aufwachen würde, um die Kneipe auszufegen. Ich fragte, ob diese Geschichte von ihm wohl stimmen mochte. Hatoum zuckte mit den Schultern. Er wusste lediglich, dass der Pole den Umstand, alleine in der Kneipe zu bleiben, niemals dazu ausnutzte, Cachaça aus dem Regal zu stehlen. Er mochte verrückt sein, aber er war ein vertrauenswürdiger Verrückter. Ich bezahlte meine Rechnung. Hatoum schrieb alle von dem Polen geleerten Schnapsgläser auf. Ich habe nie nachgezählt. Ich ging davon aus, dass auch er ehrlich war. An diesem ersten Tag merkte ich nicht, dass ich das beim Tausch des Hotelmineralwassers gegen Hatoums Säfte gesparte Geld für den Cachaça der Vogelscheuche ausgeben würde. Auch das kam später.

An dem Abend gelang es mir mit großer Mühe, vom Hotel aus eine Telefonverbindung zu meinem Redakteur in São Paulo herzustellen. Zu Alvarinho, dem Arschloch. Ich hatte zwar eine Menge Material über Kräuter, das ich ihm schicken wollte, einschließlich Fotos, aber es stellte sich immer deutlicher heraus, dass ich mehr Zeit benötigen würde, denn der Artikel nahm langsam unvorhergesehene, vielleicht sensationelle Formen an, es kamen sogar Schweinsfische darin vor, die den Mädchen hinterherpfiffen, und Riesenkröten. Und jetzt war mir ein Irrer über den Weg gelaufen, der ebenfalls einen guten Artikel abgeben würde. »Hier gibt es lauter Geschichten«, sagte ich. »Strotzt es nur so vor Potenzial?«, fragte Alvarinho, das Arschloch. »Ganz genau, es strotzt vor Potenzial.« Ich war schon im Begriff aufzulegen, als mir einfiel, ihn um einen Gefallen zu bitten. Könne jemand für mich in den Zeitungsarchiven nach-

sehen, ob es etwas über eine Meierhoff-Gruppe gebe? »Ich weiß nicht, ich glaube mit h und zwei f am Ende.«
Das Zimmer hatte keine Klimaanlage. Ich machte das Fenster auf, damit die Hitze nachließ.
Die Hitze wurde noch größer.

Açaí

»Açaí«, sagte Hatoum, als er mich am nächsten Tag erblickte. Ich weiß nicht, was mein Gesicht über die schlecht geschlafene Nacht im Hotel und die kurz zuvor auf Serenas Matratze verbrachten Stunden verriet, in denen ich zugehört hatte, wie sie mir mit ihrer Stimme aus Seide ihre Lebensgeschichte erzählte. Aber es war entschieden das Gesicht für einen Açaí-Saft.

Es dauerte nicht lange, bis der Pole mit einem leeren Glas in der Hand und seinen Stuhl hinter sich herschleifend an meinen Tisch trat.

»Meine Name ist Jósef Teodor, und ich kann Ihnen eine tolle Geschichte erzählen.«

Er streckte mir die Hand entgegen, damit ich sie drückte. Sein Gesicht war noch röter als tags zuvor.

»Ich weiß. Sie haben gestern angefangen, sie mir zu erzählen.«

»Welche?«

»Die von dem Doktor. Den Sie umgebracht haben.«

»Ich habe einen Doktor umgebracht?«

»Das haben Sie mir jedenfalls erzählt. Gestern. Erinnern Sie sich nicht?«

Er grinste. Seine Zähne waren noch gelber.

»Doch, doch. Ich wollte sehen, ob Sie sich daran erinnern.«

»Haben Sie ihn nun umgebracht oder nicht?«

Noch immer grinsend, deutete er auf sein leeres Glas. Für die Fortsetzung der Geschichte musste ich bezahlen. Ich winkte Hatoum, der kam und das Glas mit Cachaça füllte. Der Pole schaute angewidert auf meinen Açaí-Saft und trank alsdann mit überraschender Anmut einen Schluck von seinem Schnaps. Mit abgespreiztem kleinem Finger. Vielleicht war es der erste Schluck des Tages, der dieses spezielle Ritual erforderte. Er fragte:

»Finden Sie, dass ich wie ein Mörder aussehe?«

Ich zögerte. Ich beschloss, lieber vorsichtig als ehrlich zu sein.

»Nein.«

»Würden Sie sagen, dass Curtis wie ein Mörder aussah?«

»Wer?«

»Curtis. Der Doktor.«

»Ich habe Dr. Curtis nie gesehen.«

»Auch nicht auf Fotos?«

»Nein. Ich habe bisher noch nie von ihm gehört.«

»Und dabei war er einer der wichtigsten Menschen dieses Jahrhunderts. Einer der größten Mörder dieses Jahrhunderts. Vielleicht der größte Mörder der Geschichte.

Das kommt auf das endgültige Ergebnis seiner Seuche an.«
»Welcher Seuche?«
»Der, die mit den Gen-Experimenten an Affen begann, die er für das Biowaffenprogramm des Pentagon und für die Meierhoff-Gruppe im Kongo durchführte. Es hat ihn zu dem wichtigsten oder lebensgefährlichsten Wissenschaftler des Planeten gemacht, was auf dasselbe herauskommt, auch wenn zum Beispiel Sie noch nie von ihm gehört haben. Aber die wichtigsten Menschen auf der Welt sind eben die, von denen man nicht hört. Sie sind es, die dafür sorgen, dass die Dinge passieren. Oder verschwinden lassen, so wie mich. Sie wussten von meiner Existenz ja auch nichts, oder?«
Ich hob zu einer Antwort an, doch er unterbrach mich mit einer Handbewegung. Und prüfte mein Gesicht. Vielleicht versuchte er, sich daran zu erinnern, was er mir bereits erzählte hatte. Dann nahm er einen zweiten Schluck Cachaça, wobei er dieses Mal das Glas wie ein Stück Rohr hielt. Dann fuhr er fort:
»Das von Dr. Curtis gezüchtete Virus hat die Eingeborenen in der Region des oberen Kongo infiziert, die es unter die übrige Bevölkerung tragen sollten, bis der ganze Kontinent angesteckt wäre. Von Afrika sollte die Seuche in den Nahen Osten, nach Indien, China und über ganz Asien bis nach Amerika gelangen …«

Das Virus sollte als Vernichtungswaffe zur Verteidigung der weißen abendländischen Zivilisation gegen die allergrößte Bedrohung eingesetzt werden, die sie in Zukunft erwartete: die Überbevölkerung der Welt, die Zunahme der anderen Rassen, die demographische Bombe, die am Ende sämtliche lebensnotwendigen Ressourcen des Planeten aufsaugen würde. Dr. Curtis' Virus sollte dies verhindern. Es sollte die gleiche Zerstörungskraft besitzen wie eine atomare Kettenreaktion, sollte jedoch langsamer und ohne Sachschäden agieren. Es würde nur Menschen vernichten. Ganze Volksstämme.

»Stellen Sie sich Afrika mit Erdöl und Diamanten, aber ohne die Schwarzen vor«, sagte der Pole. »Brasilien, dezimiert auf seine wenigen Weißen, mit der Bevölkerungsgröße einer englischen Grafschaft und seinem größten Naturschatz, dem Wasser, das für jene geschützt würde, die es in Zukunft dringender brauchen werden als das Erdöl. Na? Na?«

Er hielt abermals inne, um zu sehen, wie ich das aufnahm. Ich war und blieb der ideale Zuhörer. Aufmerksam und still. Er senkte die Stimme und schaute sich unauffällig um, obgleich sich außer Hatoum niemand sonst in der Kneipe befand.

»Das Virus sollte die Erde von den überflüssigen Rassen, von den überzähligen Mündern säubern und die Welt den Weißen und ihren Robotern überlassen. Billige Arbeitskräfte werden in der post-postindustriellen Ära keine Bedeutung mehr haben. Auf die armen Schlucker kann die Welt verzichten, aber ihre extreme Fruchtbarkeit wird weiterhin eine Bedrohung darstellen. Was ist die Lösung? Sämtliche Barbaren auszurotten!«

Er gab eine Art Geheul von sich und fing an, von einem Fuß auf den anderen hüpfend auf dem Boden zu trampeln. Ein primitiver Siegestanz, bei dem er nicht von der Stelle wich. Hatoum missbilligte den Ausbruch. Die Begeisterung des Polen für die ethnische Säuberung der Welt hallte von den gekachelten Wänden der leeren Kneipe wider.

»Nun mach mal halblang, Pole!«

Auch mir hatten die Bekundungen des Polen missfallen, nicht nur, weil sein Geheul wie eine Nadel in meine vom Chauasca sensibilisierten Gehörgänge eingedrungen war. Der Anfang der Geschichte tags zuvor hatte mich interessiert. Selbst wenn sie nicht stimmte, versprach es eine gute Geschichte zu werden. Sie strotzte nur so vor Potenzial. Ein betrunkener Ausländer wollte mir die geheimen Vorhaben einer die Welt beherrschenden Gruppe verraten, oder wenigstens eine originelle Geschichte, die spannend genug wäre, um mir, während sich der Chauasca und das seidene Gewisper Serenas in meinem Organismus auflösten, die Zeit zu vertreiben. Zumindest könnte ein getürkter Artikel dabei herausspringen, um Alvarinho, das Arschloch, zu beeindrucken, dessen Hauptziel im Leben es war, mich vom Journalismus abzubringen. Einen Moment lang hatte ich geglaubt, dass ich bei einem simplen Fruchtsaft über eine große Reportage gestolpert war, die durchaus mein ganzes Leben verändern könnte. Es wäre nicht schlecht, mit einer Geschichte nach São Paulo zurückzukehren, in die Geopolitik, Amazonien als Objekt der internationalen Begierde, mit hineinspielte, etwas für den allgemeinen Teil der Zeitung mit möglichem internationalem Echo. Banalitätenreporter deckt schwerwiegenden Fall von Verletzung staatlicher Souveränität auf, der ihm von einem mysteriösen Ausländer in einer Kneipe in Manaus enthüllt wurde. Reportage bringt enttäuschtem Journalisten, der schon mit dem Gedanken gespielt hatte, seinen Beruf an den Nagel zu hängen und es in der Werbung zu versuchen, Preise und Ruhm ein. Und wenn schon nichts anderes, dann hätte ich zumindest die Geschichte eines großen, rotgesichtigen Lügners, der sich für einen der wichtigsten Männer der Welt ausgab, eines Mörders, der, abgesehen von Baudelaire und Shakespeare, einundzwanzig Arten und Weisen beherrschte, mit bloßen Händen zu töten, und dessen Phantasie offenbar keine Grenzen kannte. Wahndelirien können durchaus etwas Vergnügliches haben. Diese Geschichte aber, die Geschichte einer selektiven Seuche, die fast die gesamte Weltbevölkerung töten würde, war ein rassistischer Wahn, der kein Gehör verdiente, und am allerwenigsten das meine, das vom

Tee der sanften Serena überspitzt war. Ich förderte nur die Geschwätzigkeit des Zuckerrohrschnapses. Trotzdem stand ich nicht von meinem Stuhl auf. Der ideale Zuhörer hörte weiter zu. Und vernahm diese Geschichte.

Die Meierhoff-Gruppe hat keinen offiziellen Sitz. Sie trifft sich, wenn nötig, in einer Suite des Hotels Meierhoff in der Nähe von Vilvoord in Belgien. Doch unterhält sie hinter einem Schnickschnackladen in Brüssel ein diskretes Büro mit drei Sekretärinnen, die sich vierundzwanzig Stunden lang abwechseln, einer Vielzahl von Telefonen und einer Kaffeemaschine, die ständig in Betrieb ist. Die einzige Aufgabe der Sekretärinnen besteht darin, die prompte Kommunikation zwischen den Gruppenmitgliedern sicherzustellen und ihre Bewegungen zu synchronisieren, die Sitzungen einzuberufen und eventuell einen der kleinen Hinterräume für Treffen wie jenes vorzubereiten, das Jósef Teodor an einem Sommernachmittag mit den beiden Schlipsträgern zusammenführte.
So jedenfalls beschrieb der Pole sie. Zwei Männer, die so dünn waren, dass sie fast hinter ihren breiten Krawatten verschwanden. Der Pole hatte sie noch nie zuvor gesehen, doch sie hegten keinerlei Zweifel an der Identität von Jósef, dem Torpedo, so dass sie keine Zeit mit

geheimen Losungen oder dem Vorzeigen von Papieren verplemperten. Und so knallten sie, kaum dass der Pole den Raum betreten hatte, nachdem er mit der diensthabenden Sekretärin herumgescherzt hatte – zum Glück war es Beranger, die jüngste und hübscheste, und nicht die mütterliche Gundrum, die, ohne je ihre Strickarbeit zu unterbrechen, die Geschicke der Welt lenkte, oder die schauerliche Mathilde, die wie eine Hexe in der Nacht kam –, einen Ordner auf den Tisch und warteten wortlos ab, bis der Pole ihn geprüft hatte. Der Ordner enthielt Fotos von Dr. Curtis, einen kurzen Lebenslauf und einen Bericht über seine letzten bekannten Schritte. Es war das erste Mal, dass der Pole von Curtis' Existenz erfuhr. Angehörige von beauftragten Organisationen wie der seinen, die »Auslöscher« genannt wurden, weil ihre Arbeit darin bestand, die von der Meierhoff-Gruppe dazu Auserwählten zu eliminieren, oder »Widersacher«, weil sie sich zu den vier die Gruppe bildenden Vereinigungen verhielten wie der Daumen zu den übrigen Fingern der Hand und deren Funktionstüchtigkeit und Präzision garantierten, wurden für gewöhnlich nicht über die Vorhaben der Gruppe informiert. Sie traten nur auf den Plan, um nach der Methode ihrer Wahl ein Projekt auszuführen oder zu korrigieren. Weltweit waren mehrere »Widersacher« tätig und arbeiteten für die Gruppe. Jeder nach seiner Methode. Jamal, der Kleine Türke, zum Beispiel, verwendete Dolche aus

Eis, die im Körper des Opfers schmolzen. Jósef, der Torpedo, zog die Hände vor. »Die Lautlosen«, wie er sie nannte. Ich liebe das Altmodische, sagte er, als ich ihn nach seiner Präferenz für die Hände fragte. Aber das kam später.

An jenem Sommertag in Brüssel knallte er den Ordner zurück auf den Tisch und wartete ab, dass die Schlipsträger etwas sagten.

»Wissen Sie, wer das ist?«, fragte einer der Dünnen.

»Nein.«

»Er hat eine Arbeit für uns erledigt. Das EAB-Projekt, wie wir es bezeichnen.«

In Manaus wiederholte der Pole, nachdem er abermals in Hatoums leerer Kneipe ringsumher geschaut hatte, den Namen des Projekts, so wie man es auf Englisch, in der Sprache der Schlipsträger, sagen würde. Ib. Ib-Projekt. Ich fragte ihn, worin das Ib-Projekt bestehe, doch der Pole achtete nicht auf mich. Er befand sich wieder in Brüssel, und er war derjenige, der die Frage an die Schlipsträger richtete.

»Das EAB-Projekt?«

»Sie brauchen nicht zu wissen, worin es besteht«, sagte der andere Dünne. »Für Sie ist nur wichtig, dass Dr. Curtis seine Arbeit sehr gut gemacht hat. Zu gut. Das Projekt ist außer Kontrolle geraten. Und Dr. Curtis nun ebenfalls.«

»Was heißt, außer Kontrolle geraten?«

»Er ist verschwunden. Niemand weiß, wo er sich befindet. Weder seine Familie, noch das Pentagon, noch wir.«

»Und wie ist das Projekt außer Kontrolle geraten?«

»Sagen wir, seine Wirkung war ein bisschen größer als geplant. Sie haben in dem Ordner gesehen, worin Dr. Curtis' Tätigkeit bestanden hat. Das Ergebnis seiner Arbeit erscheint seit geraumer Zeit tagtäglich in den Nachrichten. Sie ahnen vielleicht, was es ist. Sagen wir, seine Bakterien haben sich nicht genau so verhalten, wie sie es hätten tun sollen. Und wir wissen nicht, ob Dr. Curtis sich so verhält, wie er sollte. Ob er sein Wissen womöglich verkaufen wird, und wenn, an wen. Ob er eine Gewissenskrise hatte und mit dem Gedanken spielt, sich umzubringen. Oder schlimmer noch, unsere Mitwirkung an seinen Experimenten zu veröffentlichen, um seine Schuld wiedergutzumachen. Wir dürfen nicht zulassen, dass das geschieht.«

»Oh, le remors …«, sagte der Pole, was die Schlipsträger, für die Jósef, der Torpedo, ein Mythos war, mit Bewunderung erfüllte. »Und meine Aufgabe ist es, den reumütigen Dr. Curtis zu finden und aus dem Weg zu schaffen?«

»Finden werden wir ihn. Sie werden ihn, wenn nötig, töten.«

»Mir ist aufgefallen, dass er zuletzt in Orvieto in Italien gesehen wurde.«

»Genau. Vor einer Woche. In der Kathedrale, vor einem Fresko von Luca Signorelli am Boden liegend. Wir vermuten eine religiöse Bekehrung, was immer gefährlich ist. Danach hat ihn niemand mehr gesehen. Er ist in das Hotel, in dem er in Rom wohnte, nicht wieder zurückgekehrt. Den Mietwagen, mit dem er nach Orvieto gelangt war, hat er vor dem Dom stehen lassen. Seine Familie in Texas hat ihn zurückerwartet, aber weder ist er dort angekommen, noch hat er sich gemeldet. Es gibt keinen Vermerk darüber, dass er irgendeinen italienischen Flughafen oder Hafen benutzt hat. Er liegt in keinem Leichenschau- oder Krankenhaus in Italien. Er könnte sich mit irgendeiner *ragazza*, die er in der Kathedrale kennengelernt hat, inkognito in einem verschwiegenen Hotel in Orvieto befinden, aber Dr. Curtis ist nicht mehr in dem Alter für dergleichen.«

»Wenn es Ihnen nichts ausmacht, werde ich meine eigenen Nachforschungen anstellen. Angefangen in Orvieto.«

»Machen Sie, was Sie wollen. Wir brauchen Sie aber nur, um ihn zu töten, wenn sich das Schlimmste bestätigen sollte.«

Wie immer erlaubten die Schlipsträger dem Polen, mit der Sekretärin zu besprechen, was er im einzelnen für seine Mission brauchen würde. Den auf seinem Schweizer Konto hinterlegten Vorschuss, die Reisetickets, falls nötig eine falsche Identität. Er sollte die Arbeit mit der üblichen Diskretion erledigen. Sie schüttelten dem Polen mit der gebotenen Hochachtung die Hand und zogen sich durch den Schnickschnackladen zurück. Beranger lachte herzlich, als der Pole vorgab, sie packen zu wollen, kaum dass sie alleine waren, und als er sagte, sie sei nach Rosa die zweite Frau seines Lebens. Und schließlich erklärte, wenn sie ihm schon ihren Körper versage, dann solle sie ihm wenigstens einen anständigen Kaffee kochen.

»Rosa?«

Die blutunterlaufenen Augen des Polen büßten allmählich ihre Sehschärfe ein. Der Zuckerrohrschnaps fing an, seine trübe Herrschaft über den roten Mann anzutreten.

»He?«

»Wer ist Rosa?«

»Meine Frau.«

»Wo ...«

»Das geht dich nichts an. Hatoum! Dieses Glas ist immerzu leer. Bring mir noch eins.«

Angestrengt starrte er in mein Gesicht und fragte:

»Was arbeitest du?«

Er hatte vergessen, was ich ihm tags zuvor gesagt hatte.

»Ich bin Journalist.«

»Machst du dir keine Notizen? Mach dir Notizen. Schreib die Geschichte hier auf. Mach ein Buch daraus. Merkst du nicht, was ich dir da an die Hand gebe?«

Und verzagt zu Hatoum gewandt:

»Er merkt es nicht …«

»Lass den Jungen in Frieden, Pole.«

Für den Rest des Nachmittags hatte der Pole, derweil sich die Kneipe füllte und er eines nach dem anderen die Schnapsgläser leerte, die Hatoum sorgfältig aufschrieb, seine Geschichte vergessen, und seine ganze Aufmerksamkeit galt dem Schicksal, das mein Buch haben würde, falls ich intelligent genug wäre, es zu schreiben. Ich brauchte seinen wahren Namen nicht zu nennen, sofern wir die Aufteilung der Autorenrechte vereinbarten. Ich könnte ein Pseudonym verwenden. Der Torpedo. Nur »Der Torpedo«. Oder »Der Auslöscher«. Oder »Der Widersacher«. Es gab viele »Widersacher«, die für die Meierhoff-Gruppe arbeiteten, die Welt wusste gar nicht, wie viele ungeklärte oder scheinbar zufällige Todesfälle sich dem Werk der von der Gruppe engagierten Handlanger verdankten, deren Aufgabe darin bestand, Dinge geschehen oder Menschen verschwinden zu lassen. Und er war der beste Widersacher von allen. Sogar noch besser als Jamal, der Kleine Türke, ebenfalls eine Legende in der Welt der Killer. Der Pole war es, den sie für die ganz besonderen Missionen riefen. Er erzählte, dass er sogar schon in Brasilien gearbeitet und die Geschichte der Politik des Landes in einer Art und Weise beeinflusst habe, von der ich mir keine Vorstellung machte. Ob ich Juscelino Kubitscheck kannte? Eines Tages würde er mir die wahre Geschichte über den Tod Juscelino Kubitschecks erzählen. Doch wollte er keine Details nennen. Er war ganz und gar mit dem Schauspieler beschäftigt, der seine Rolle übernehmen würde, wenn das Buch ein Erfolg und verfilmt würde. Er wollte gerne … Wie hieß noch gleich dieser Schauspieler? Ein Engländer. Ich fragte, aus welchem Land er komme. Er antwortete nicht. Stattdessen fing er nun an, mir detaillierte Anweisungen zu erteilen, wie ich unser Buch zu schreiben, wie ich seine Geschichte zu Papier zu bringen hatte. Selbstverständlich müsste ich sein Portugiesisch verbessern. Die Zeit- und die Fürwörter. Ich dürfte, wie er sich ausdrückte, »ein wenig fabulieren«, seinen Bericht zu einem Roman mit Dialogen umschreiben, selbst wenn ich sie erfinden müsste. Das Wichtige war die Geschichte, die grandioseste Geschichte unserer Tage, denn sie handelte vom Ende unserer Tage. Ob ich verstand? Es war die grandioseste Geschichte aller Zeiten, weil es die Geschichte vom Ende aller Zeiten war.

Wie tags zuvor wurde er immer zusammenhangloser, je weiter der Abend sich neigte, und als Hatoum in der Kneipe die Lampen anknipste, hatte er bereits den Kopf auf den über den Tisch ausgestreckten Arm gelegt. Sein letztes Wort an diesem Tag, ehe er einschlief, war »Rosa«, begleitet von einem Grunzen.

Ich fragte Hatoum, wie es ihn in die Kneipe verschlagen hatte. Er ist einfach aufgetaucht, sagte Hatoum. Vor fünf Jahren. Damals hatte er anders ausgesehen. Er war zerlumpt, seine Füße stark geschwollen. Nackt und von Lehm und verkrustetem Blut überzogen, wirkten die Füße wie Stiefel. Er hatte einen Saft bestellt, gesagt, er habe kein Geld, um den Saft zu bezahlen, und gefragt, ob Hatoum Arbeit in der Kneipe für ihn habe. Hatoum hatte keine Arbeit für ihn. Warum er diese Kneipe ausgesucht hatte? Hatoum wusste es nicht. Er konnte es sich eventuell vorstellen. So wie ich. In jener Nacht hatte er vor der geschlossenen Kneipe auf dem Bürgersteig geschlafen. Als Hatoum am Morgen gekommen war, hatte der Pole mit ihm die Kneipe betreten, sich seinen Stuhl ausgesucht und ihn nicht wieder losgelassen.
»Sie sagen, er hat einen Saft bestellt?«
»Ja. Er trank nicht mal Bier. Der Cachaça kam später.«
»Hat er Papiere, einen Pass?«
»Dort hinten bewahrt er eine Art Bündel auf. Ich glau-

be, er hat einen Pass und diverse Papiere. Aber ich habe sie nie gesehen.«

»Haben Sie sich nie dafür interessiert, etwas über sein Leben zu erfahren?«

Hatoum zuckte mit den Schultern. Nein, nie.

»Und diese Geschichte, die er erzählt?«

»Ich höre gar nicht mehr hin.«

»Erzählt er allen dieselbe Geschichte?«

»Ja. Aber Sie sind der einzige, der ihm zuhört.«

Serigüela

Über anderen Städten schwebt die Luft, in Manaus aber schlägt sie sich nieder. Ich erwachte klatschnass, nach einem klatschnassen Traum, vom Telefonklingeln. Vor dem Schlafengehen hatte ich bei der Redaktion in São Paulo angerufen, hatte eine Zusammenfassung meiner bisherigen Recherche über halluzinogene Urwaldpflanzen durchgegeben (in den zweifarbigen Armen Serenas, aber das brauchten sie nicht zu wissen) und hatte mein zweites Gespräch mit dem Polen erwähnt. Um darauf aufmerksam zu machen, dass ich womöglich eine Aufstockung meines Budgets benötigen würde, denn der Zuckerrohrschnaps des Trunkenboldes kam mich teuer zu stehen. Alvarinho, das Arschloch, hatte bloß gelacht. Doch nun, als er zu mir sagte, im Archiv der Zeitung habe niemand etwas über eine Meierhoff-Gruppe oder einen mit bakteriologischen Forschungen befassten Amerikaner namens Curtis entdeckt, klang seine Stimme am Telefon ganz anders, beinahe respektvoll. Ich hatte schon angehoben zu sagen, das sei nicht schlimm, es sei tatsächlich alles Unsinn und sie sollten es vergessen, als Alvarinho, das Arschloch, mich unterbrach und erklärte, Múcio wolle mit mir sprechen. Múcio?! Der fette, alte Mitherausgeber der Zeitung, der zuweilen den Kommentar oder von ihm gezeichnete Artikel mit lauter gewichtigen Betrachtungen über internationale Politik schrieb, der Hosenträger trug und der nicht einmal wusste, dass es mich gab, wollte mit mir sprechen?!

»Hallo?«

»Ja, Herr Dr. Múcio. Ich …«

»Sagen Sie mir, mein Junge, wo haben Sie diese Geschichte ausgegraben?«

»Diese …«

»Diese Geschichte über die Meierhoff-Gruppe, über Curtis.«

Ich erzählte von der Begegnung in der Kneipe, von den zwei Tagen, die ich dem Polen zugehört hatte, von meinem Fazit, dass alles blanker Unsinn sei, dass es der Zuckerrohrschnaps war, der dort sprach.

»Ja, ja, blanker Unsinn«, pflichtete Múcio mir bei. »Aber sagen Sie mir noch etwas. Wie heißt dieser polnische Säufer?«

»Jósef Teodor. Ich weiß nicht, ob das sein richtiger Name ist. Ich weiß noch nicht einmal, ob er tatsächlich Pole ist.«

»Sicher. Großartig. Wie heißen Sie noch gleich?«

Ich nannte meinen Namen.

Ich sagte, dass ich das Material, dessentwegen ich nach

Manaus gekommen war, schon beisammen hätte. Mit Fotos und allem Drum und Dran. Und dass ich fertig sei und zurückkehren könne. Múcio empfahl mir, noch ein paar Tage länger in Manaus zu bleiben. Und mich weiter mit dem betrunkenen Polen zu unterhalten. Die Zeitung würde für die Kosten aufkommen. Ob ich irgend etwas brauchte?
Eine Klimaanlage, kam mir zu sagen in den Sinn. Aber ich sagte es nicht. Ich sagte:
»Nein, nein, ich …«
»Ach ja, und machen Sie ein Foto von Jósef Teodor und schicken Sie es mir so bald wie möglich. An mich, hier bei der Zeitung. Persönlich.«
»Ja.«

Was sollte das? Im Zeitungsarchiv gab es nichts über die Hirngespinste des Polen, die offensichtlich erfunden waren, Ausgeburten des Cachaça, und trotzdem sollte ich sie mir weiter anhören? Die Zeitung interessierte sich für die Hirngespinste des Polen? Oder zumindest Múcio interessierte sich für sie? Warum? Als ich an diesem Nachmittag in die Kneipe kam, sah ich, wie sich der Pole an einem Tisch mit einem Paar unterhielt. Die Kneipe lag in der Nähe eines anderen Hotels, ihre Säfte lockten die Touristen an. Die beiden, die mit Jósef redeten, schienen Franzosen zu sein. Sie machten ein

Gesicht, als verstünden sie nichts von dem, was sie da hörten, doch wollten sie nicht unhöflich sein. Sie nickten beipflichtend, machten »Uuu« und schauten einander zuweilen an, um zu sehen, ob der eine verstanden hatte, was dem anderen entgangen war.

Der Pole sprach mit erhobenem Daumen. Offenbar war er dabei, die Geschichte von seinen Missionen für die Meierhoff-Gruppe zu erzählen. Er war der Widersacher, derjenige, der handelte wie der Daumen gegenüber den vier Fingern, die alle Macht der Welt besaßen. Er sorgte dafür, dass die Dinge geschahen oder verschwanden. Eine Spur eifersüchtig, wartete ich ab, bis das Paar gegangen war. Schließlich war das meine Geschichte.

Zu guter Letzt kam der Pole zu dem Tisch, an dem ich meinen Serigüela-Saft trank (»Gegen das, was uns am Leben und an den Menschen verblüfft«, hatte Hatoum mit einer Deutung meines abendlichen Gesichtes gesagt) und blieb, als er sah, dass ich ihn fotografieren wollte, auf halbem Weg stehen. Aus irgendeinem Grund wollte er singend fotografiert werden:

»Rosa, my Rosa …«

Dann tänzelte er seinen Stuhl hinter sich herziehend zum Tisch. Ein entsetzlicher Anblick. Zum ersten Mal fiel mir auf, dass er barfüßig war. Was ich für Stiefel gehalten hatte, waren geschwollene, schwarze Füße.

»Wer ist Rosa?«, fragte ich.

»Das geht dich nichts an. Hatoum! Mein Glas hat ein Loch!«

»Erzählen Sie allen Leuten die gleiche Geschichte?«

»Mit Variationen.«

»Und bringen Sie Dr. Curtis in der heutigen Variante um oder nicht?«

Zum ersten Mal an diesem Tag kamen seine gelben Zähne zum Vorschein.

»Heute bin ich guter Laune. Heute bringe ich ihn um.«

Hatoum füllte sein Glas mit Cachaça, und der Pole leerte es in einem Zug.

Er hielt Hatoum am Arm fest, damit er nicht fortginge, und bat ihn, das Glas abermals vollzuschenken. Er schien wirklich guter Dinge zu sein. Oder er hatte es eilig, möglichst schnell das Bewusstsein zu verlieren. Ich hatte ihn jedenfalls noch nicht sagen gehört, dass er beabsichtigte, langsam wie ein Gentleman zu krepieren.

»Was machte Dr. Curtis in Amazonien, als Sie ihn umbrachten?«

Der Pole tat so, als forsche er mich nach etwas aus. Er prüfte mich sorgfältig. Warf einen Blick unter die auf dem Tisch liegende Kamera. Er schaute sogar unter den Tisch. Dann fragte er:

»Machst du dir keine Notizen? Hast du kein Tonbandgerät? Nichts?«

»Ich habe ein gutes Gedächtnis.«
»Du musst genau das aufschreiben, was ich sage. Mit dem Komma an der richtigen Stelle. Das Komma ist von entscheidender Bedeutung. Wegen eines falsch gesetzten Kommas sind schon ganze Dynastien zu Fall gekommen.«
Er hatte vergessen, dass er mir erlaubt hatte, sein Portugiesisch zu verbessern und aus seiner Geschichte einen Roman zu machen.
»Heißen Sie wirklich Jósef Teodor?«
Er zögerte; dann antwortete er:
»Sozusagen ja.«
»Und Curtis? Was machte der Amerikaner im Amazonasgebiet?«
Er strich eine imaginäre Landkarte auf dem Tisch glatt. Dann zeichnete er am einen Ende der Karte mit dem Finger eine Figur ein.
Abermals ein Dreieck.
»Amazonas, Rio Negro, Äquatorlinie.«
Der Finger glitt über die Tischplatte zur gegenüberliegenden Seite. Er beschrieb einen Halbkreis und zeichnete darunter eine gerade Linie.
»Obere Krümmung des Kongo, Äquatorlinie.«
Dann schaute er mich an, als ob die beiden Figuren alles erklärten.
»Und?«, fragte ich.
»Hier hat es angefangen«, sagte der Pole und klopfte mit

dem Finger auf die afrikanische Seite seiner fiktiven Landkarte.
Im Kongo hatte Curtis Affen sein tödliches Virus eingeimpft. Sein Experiment war Bestandteil des Biowaffenprogramms des Pentagon, aber er arbeitete auch für die Meierhoff-Gruppe. Das Pentagon wollte eine chemische Waffe mit sofortiger Wirkung, die Meierhoff-Gruppe dachte langfristig. Nicht an den nächsten Krieg, sondern an die finale Schlacht um die Erde, die zwangsläufig kommen würde. Eben dafür existierte die Meierhoff-Gruppe. Curtis hatte seine Arbeit gut gemacht. Zu gut. Die Seuche fing an, sich unter den von den Affen angesteckten Eingeborenen auszubreiten, so wie er es vorausgesehen hatte. Curtis war nach Fort Detrick in Maryland zurückgekehrt, wo die amerikanische Armee ihr Hauptlabor für Biowaffen besaß und wo das Virus, das er in den Kongo mitgenommen und dort zur Erfüllung seiner wohltätigen Aufgabe freigesetzt hatte, von ihm gezüchtet worden war. Zuvor hatte er einen Abstecher nach Vilvoord gemacht, um bei einer Zusammenkunft der Meierhoff-Gruppe den vollständigen Bericht über seine Arbeit für das Pentagon vorzulegen, mit der Unterstützung und dem Geld der Gruppe.
»Damals habe ich ihn kennengelernt«, erklärte der Pole.
»Sie haben gestern gesagt, Sie hätten ihn nicht gekannt, als Sie seine Akte eingesehen haben.«
»Das habe ich nicht gesagt.«

»Doch.«

»Wie kannst du dir dessen sicher sein, wenn du dir keine Notizen gemacht hast? Wenn du nichts auf Tonband aufgenommen hast? Wenn du ein völlig unfähiger Journalist bist? Selbstverständlich kannte ich Dr. Curtis. Rosa und ich waren zu einem Empfang ihm zu Ehren im Hotel Meierhoff eingeladen. Ich war gerade erst aus Brasilien zurückgekehrt, wo ich eine überaus wichtige Arbeit für die Gruppe erledigt hatte. Sie wollten mir ihre Anerkennung für meine Kompetenz zum Ausdruck bringen. Es kam selten vor, dass sie einen Widersacher zu einem Fest der Gruppe einluden. Es wäre zum Beispiel undenkbar, dass sie jemanden wie Jamal, den Kleinen Türken, einladen. Er würde in den Sektkübel pinkeln. Aber mich haben sie eingeladen. Und gesagt, ich solle zusammen mit Rosa kommen, die ich aus Brasilien mitgebracht hatte.«

Ich wollte schon eine Bemerkung machen, es sei doch befremdlich, dass eine hermetische, ultrageheime Vereinigung wie die Meierhoff-Gruppe Feste gab, noch dazu zu Ehren eines Wissenschaftlers, den sie heimlich beschäftigte, und die von ihr angeheuerten Killer mit deren neuen Frauen einlud, doch ließ ich es sein, als ich sah, wie sich der Blick des Polen in der Ferne verlor. Er war irgendwo weit weg, als er sagte:

»Ich war damals noch jünger und sah diesem englischen Schauspieler noch ähnlicher. Und für Rosa war es das erste Mal, dass sie zu einem Cocktailempfang ging. Wir sahen blendend aus.«

»War Rosa …«

»Das geht dich nichts an. Hatoum! Mein Cachaça ist verdunstet!«

An diesem dritten Tag herrschte Betrieb in der Kneipe. Von Zeit zu Zeit klopfte jemand dem Polen auf die Schulter oder begrüßte ihn leutselig. »Hallo, Pole!« Andere schauten uns von der Theke aus zu und amüsierten sich über uns. Der verrückte Pole hatte sich wieder jemanden geangelt, der seine Geschichten anhören und seinen Schnaps bezahlen musste … Dieses regelmäßig wiederkehrende Schauspiel war offenbar eine der Attraktionen der Kneipe. Der Pole hatte seine Erzählung wieder aufgenommen.

Man hatte ihn Curtis bei der Cocktailparty vorgestellt. Er war von seinem intelligenten Blick und seiner Höflichkeit beeindruckt gewesen. Was genau Curtis in Afrika gemacht hatte, wusste er nicht. Er wusste nur, dass er ein Genie war. Als er gefragt hatte, worin Curtis' Arbeit bestehe, habe dieser gelächelt und einen Satz gesagt, den der Pole damals nicht verstanden habe. »Exterminate all the brutes.« »Sämtliche Barbaren ausrotten.« Danach hatte er Rosa die Hand geküsst und gesagt: »Damit Sie und diese bezaubernde junge Dame für immer glücklich leben können.«

Die blauroten Augen des Polen waren abermals in die Vergangenheit gerichtet. Es war schwer zu sagen, was in diesen Trinkeraugen Tränen, was normale Wässrigkeit war. Wer auch immer Rosa sein mochte, er hatte sie verloren. Die Entdeckung, dass das rotblonde Monster ein Herz hatte, war verwirrend.

Er fasste sich wieder und fuhr fort:

»Ich sah Curtis erst wieder, als ich ihn an der Quelle des Nebenflusses eines Nebenflusses eines Nebenflusses eines Nebenflusses eines Nebenflusses des Rio Negro entdeckte. Jahre später.«

»Und ihn umbrachten.«

»Sozusagen ja.«

»Was machte er im Amazonasgebiet?«

Der Finger des Polen fuhr abermals über die Tischplatte. Er überquerte den Atlantischen Ozean zurück zum Amazonas. Dann klopfte er an der Stelle auf den Tisch, wo er zuvor das Dreieck eingezeichnet hatte.

»Er kam, um die Bestätigung für eine Entdeckung zu finden. Die Entdeckung, dass das Gegenmittel für sein Virus hier zu finden sein würde. Dass er es entdecken und die Menschheit vor der Seuche retten würde, die er selbst geschaffen hatte. Dass es hier, in diesem Dreieck – Rio Negro! Amazonas! Äquator! –, etwas noch Wertvolleres gab als Pyramiden aus Gold, Diamantflüsse und Erdöl: das Gegengift für die Epidemie, die die gesamte Bevölkerung der Erde zu vernichten drohte.«

Irgend etwas war also schiefgelaufen. Das am oberen Kongo entwickelte Virus, das einer revolutionären Theorie Curtis' zufolge nur Volksstämme mit ganz spezifischen Zellformationen und absonderlichen Immunsystemen anstecken sollte, war mutiert und infizierte nun unterschiedslos alle Rassen.
Der Fehler machte die Prämisse zunichte, von der Curtis sein gesamtes Berufsleben über ausgegangen und die dafür verantwortlich war, dass das Pentagon ihn in Fort Detrick für das Biowaffenprogramm engagiert und die Meierhoff-Gruppe ihn unterstützt hatte. Die Prämisse, dass es eine Immunanomalie gab, die ausschließlich bei weißhäutigen Menschen auftrat, und dass es möglich sei, ein Virus zu züchten, das sämtliche anderen Rassen infizierte, alle Barbaren ausrottete, die weiße Rasse aber verschonte und ihr trotz ihrer geringen Geburtenrate die Herrschaft über den Planeten sicherte. Denn wie der Pole mir schon einmal mit seinen gelben Zähnen Zentimeter vor meiner Nasenspitze gesagt hatte, war der demographische Krieg der einzige, den das Abendland unmöglich gewinnen konnte, außer, es vergiftete heim-

lich den Feind. Mit dem Auftauchen der ersten weißen Opfer der von ihm entfesselten Seuche war Curtis zu der Überzeugung gelangt, dass die menschliche Rasse zum Untergang verdammt sei, wenn nicht ein Gegengift oder eine Impfung entwickelt würde. Früher oder später würden alle an der Pandemie sterben. Alle. Im Glauben, eine besonders tödliche Biowaffe für den Krieg um die schwindenden Ressourcen der Erde, der unvermeidlich kommen würde, gefunden zu haben, hatten Curtis und die Meierhoff-Gruppe über alle das Todesurteil verhängt. Und ihren eigenen Selbstmord angeordnet.

»Was Dr. Curtis in Amazonien gemacht hat?«, antwortete der Pole schließlich. »Er war auf der Suche nach Rettung. Für seine Gattung, und für seine Seele.«

Nachdem sich bestätigt hatte, dass das Virus alle Menschen infizierte und sich über die Welt verbreitete, hatte Curtis die Wissenschaft aufgegeben. Von Verzweiflung gepackt, hatte er sich auf eine fromme Pilgerschaft begeben. Früher hatte er weder an Religion noch an irgendeine Form von Metaphysik geglaubt. Aber gemeinsam mit seiner Frau Alice hatte er vierzig Tage lang die heiligen Orte der Welt von Katmandu bis Chartres besucht, als wollte er sämtliche Götter von Angesicht zu Angesicht persönlich um Verzeihung bitten. Dann war er mit einer Pension der Armee, einer großzügigen Schenkung der Meierhoff-Gruppe und der Weisung, alles zu vergessen und sich der Gartenarbeit oder dem Golfspiel zu widmen, in sein Haus in der Nähe von Fort Detrick zurückgekehrt. Dort hatte er sich in Bücher über Okkultismus und die Kabbala, gnostische Texte und Mutmaßungen über alte Rätsel vertieft, so wie das des Labyrinths und der esoterischen Symbole, die er bei seiner Pilgerreise auf dem Boden der Kathedrale von Chartres gesehen hatte. Alice hatte ihn sagen gehört, auf dem Boden der Kathedrale von Chartres liege die Lösung, die er suche, er habe sie jedoch nicht deuten können. »Das Geheimnis ist das Dreieck«, hatte er gesagt. »Das Dreieck.« Jahrelang hatte er eingesperrt in seinem Haus verbracht und sich geweigert, irgendwelche Nachrichten über den Vormarsch seiner Seuche zu lesen, umsorgt von der treuen Alice, die regelmäßig Besuch von Armeepsychologen erhielt, welche sich nach seinem Befinden erkundigten, und die von der Meierhoff-Gruppe dafür bezahlt wurde, sie über sein Verhalten auf dem laufenden zu halten. Curtis weigerte sich sogar, Zucker in seinen eigenen Kaffee zu tun, mit der Erklärung, »Ich will mich womöglich vergiften.« Und las immer wieder in einem der esoterischen Texte, in denen er, wie er Alice anvertraut hatte, Hinweise dafür suchte, dass sein Dasein und Tun auf der Welt prädestiniert, dass sein Verbrechen vorherbestimmt sei und seine Schuld mit den Sternen oder mit irgendeinem dunkel in den fernen Ursprüngen der Wissenschaft, in der mystischen Morgenröte der Menschheit erkennbaren Plan geteilt werden könne (der Pole ließ dem Satz eine Pause folgen, um zu sehen, was ich davon hielt). Curtis habe eine Entdeckung gemacht, die seiner Depression ein Ende bereitet und zu seinem plötzlichen Verschwinden geführt habe. Alice sei sich nicht sicher gewesen, meinte aber, es habe mit gewissen Wandgemälden von Luca Signorelli in der Kathedrale von Orvieto zu tun. Sie erinnerte sich daran, wie er auf der Reproduktion eines der Fresken auf ein Gesicht gedeutet und gerufen habe: »Das bin ich! Das bin ich!«

Eines Tages war Alice durch einen Telefonanruf von Curtis vom Flughafen in Fort Worth wach geworden. Er hatte unbemerkt mitten in der Nacht das Haus verlassen und stand im Begriff, alleine ins Flugzeug nach Italien zu steigen.

Er wollte nach Orvieto reisen. Alice solle sich keine Sorgen machen, er würde sich melden. Aber er hatte sich nicht mehr gemeldet. Er war verschwunden. Noch vor dem Pentagon und der Familie hatte Alice die Meierhoff-Gruppe benachrichtigt. Die Meierhoff-Gruppe hatte eine Eilsitzung abgehalten, hatte Kontakt zu Jósef, dem Torpedo, aufgenommen und die Hexe Mathilde angewiesen, sein Treffen mit den beiden Schlipsträgern in Brüssel vorzubereiten.

»Hatoum! Vergiss mich nicht!«
Hatoum kam mit der Cachaça-Flasche, um sein Glas abermals vollzuschenken, und schüttelte den Kopf. Dieser Pole …

Seine Suche nach Curtis hatte in Orvieto begonnen. Agenten der Meierhoff-Gruppe waren bereits in der Stadt gewesen und hatten alles abgegrast, hatten den Pfarrer befragt, der Curtis vor einem der Fresken Signorellis am Boden hatte liegen sehen, vor jenem, auf dem die Taten des Antichrist abgebildet sind, die der Apokalypse vorausgehen werden, sowie alle, die den Amerikaner in der Kathedrale oder deren Nähe möglicherweise gesehen haben konnten. Sie hatten auch nicht vergessen, nach dem angeblichen kleinen Hotel zu fahnden, in dem Curtis sich vielleicht mit einer unwahrscheinlichen *ragazza* – oder einem *ragazzo*, warum nicht? – vor der Welt versteckt hatte. Der Pole suchte nichts, er befragte niemanden. Er ging in den Dom, indem er sich einen Weg durch eine auf den Stufen vor dem Hauptportal versammelte Gruppe Jugendlicher bahnte, und setzte sich auf eine der Bänke in der Nähe des Freskos des

Antichrist. Und wartete. Das gleiche tat er vier, fünf, sechs Tage lang; er stand lediglich auf, um etwas zu essen und in einer Kneipe neben dem Dom die Toilette zu benutzen, wobei er jedes Mal durch die gleiche Gruppe Jugendlicher ging und alsdann zurückkehrte, oder um von Zeit zu Zeit ein Detail des Freskos aus der Nähe zu prüfen; dabei achtete er darauf, dass sein außerordentliches Interesse für die Malerei bemerkt wurde. Ein guter Widersacher, sagte der Pole, muss nicht nur zu töten verstehen, er muss auch warten können. Er muss wissen, wann er sichtbar und wann er unsichtbar zu sein hat. Mir kam in dem Moment nicht in den Sinn zu fragen, wie jemand von der Statur und der Kompaktheit dieses roten Riesen jemals unsichtbar sein könnte. Ich war fasziniert von seiner Geschichte. Die Fragen sollten später kommen.

Józef, der Torpedo, sah zu, wie sich die Kirche mehrmals am Tag füllte und wieder leerte und wie sich vor den Fresken, der Haupttouristenattraktion in Orvieto, große Gruppen bildeten, die den Fremdenführern bei der Erklärung ihrer Bedeutung lauschten. Am siebten Tag fiel ihm ein junges Mädchen auf, das den Dom früh betreten hatte und, so wie er, auf einer Bank vor dem Fresko des Antichrist sitzengeblieben war. Eine junge Frau mit hellem Haar, hellen Augen und fast durchsichtiger Haut. Sie war den ganzen Tag geblieben, so wie er. Bei einer Gelegenheit, als sie aufgestanden war, um ein Detail der Malerei zu studieren, hatte der Pole das gleiche getan. Er platzierte sich neben sie vor die linke untere Kante des Freskos, wo zwei Figuren zu sehen waren. Der Pole hatte sieben Tage lang die belehrenden Vorträge der Touristenführer mitangehört, er wusste, wen die Figuren darstellten. Die linke war ein Selbstbildnis Signorellis. Die rechte zeigte Fra Angelico, Signorellis Vorgänger bei der Ausschmückung der Kathedrale, wie er die Anerkennung des Meisters empfing. Der Pole sah, dass sich der Blick des Mädchens fest auf einen Punkt des Gemäldes geheftet hatte. Den erhobenen linken Daumen des Fra Angelico.

Der linke Daumen des Fra Angelico. Wo hatte ich das schon einmal gehört? In dem Moment mischte sich zweifelsohne eine Stimme aus Seide in die Schilderung des roten Mannes. Serena. Und mir kam allmählich der Verdacht, dass Hatoums Säfte den von Serenas Tee und der Hitze Manaus' hervorgerufenen Nebel eher dichter werden ließen, als ihn zu vertreiben, und dass ich Manaus nicht mit demselben Hirn verlassen würde, mit dem ich Jahrhunderte zuvor dorthin gekommen war. Ich trank noch einen Schluck von meinem Saft. Serigüela gegen die Verblüffung!

Der Pole hatte in Orvieto geschwiegen und auf denselben Punkt geschaut, der die hellen Augen des Mädchens anzog. Kurz darauf hatte das Mädchen, ohne ihn anzublicken, auf Englisch gefragt:

»Sind Sie einverstanden?«

Der Pole improvisierte. Ein Widersacher muss auch zu improvisieren verstehen.

»Ich weiß nicht. Ich … weiß wenig darüber.«

»Ist es nicht klar?«, fragte das Mädchen und zeigte auf den erhobenen Daumen des Fra Angelico. »Was sagt er über all dies hier aus?«

Ihre Geste wurde ausholend und umschloss sämtliche Fresken der Kirche. »All dies hier war das Ende der Welt.

Da bemerkte der Pole, dass sie keine Daumen hatte.

»Tja …«, sagte der Pole. Oder das gleiche auf Englisch.

»Ich habe gesehen, dass Sie heute den ganzen Tag hier verbracht haben«, sagte sie.

»Sie auch.«

»Gestern desgleichen. Und vorgestern. Und vorvorgestern …«

»An den anderen Tagen habe ich Sie nicht gesehen.«

»Aber ich war hier. Und habe Sie beobachtet.«

Englisch war nicht ihre Muttersprache. Sie hatte einen skandinavischen Akzent.

»Mich beobachtet? Warum?«

Sie antwortete nicht. Sie lächelte. Und tat etwas Merkwürdiges. Sie umfasste den Hals des Polen mit ihren beiden versehrten Händen. Vier Finger auf jeder Seite. Hätte sie Daumen gehabt, sie hätte ihn erwürgen können. Er hatte sie an den Tagen zuvor in der Kirche nicht gesehen, aber sie war dort gewesen. Wenn sie ihn überraschend hätte angreifen wollen, so hätte sie es getan. Ohne Daumen aber konnte ihre Geste nur liebkosend gemeint sein, so wie jetzt. Vier Finger auf jeder Seite des Halses, eine heimtückische Liebkosung. Dann eröffnete sie ihm, sie sei eine »Allertata di Fra Angelico«. Sie gehöre einer Sekte von Menschen an, die die Botschaft vom erhobenen Daumen des von Signorelli gemalten Fra Angelico verstanden hätten. Des linken, des unheilvollen. Was die Botschaft sei? War das nicht klar? Der Daumen war die Ursache, der Beginn, der Schuldige für all das, was auf den Fresken der Kathedrale in so eindrucksvoller Weise abgebildet war. Er war das Lieblingswerkzeug des Antichrist. Ohne die Herausbildung des widersacherischen Daumens wäre der Mensch noch immer ein einfältiges Tier und kein Vernichter von Arten und Welten. Mit einem Verzicht auf den Daumen würde der Mensch seiner selbstzerstörerischen Zivilisation, der Aggressivität, der Industrie und der Wissenschaft entsagen – der Mensch würde sich von seiner eigenen Geschichte erlösen, er würde seine eigene Evolution verleugnen und geläutert und unschuldig vor das Jüngste Gericht treten. Die Geläuterten. Das war der andere Name der Mitglieder der Sekte, neben der

Bezeichnung »Allertati de Fra Angelico«. Die Geläuterten. Wenn Gott am Ende die auswählte, die da entrückt würden auf den Wolken in die Luft, dem Herrn entgegen, so wie es in der Bibel stand, im ersten Brief des Paulus an die Thessalonicher, dann würde er den Geläuterten den Vorzug geben. Und das Mädchen hatte sanft seine Hände bewegt, das Gesicht des Polen festgehalten, als wolle es ihn auf den Mund küssen und abermals gefragt:

»Bist du einverstanden?«

Und Jósef, der Schauspieler, hatte gerufen:

»Ja! Ja!«

Und hatte erklärt, endlich habe er herausgefunden, was ihn an dem Gemälde so angezogen, was ihn dazu bewegt habe, Tag für Tag aufs neue in den Dom zu kommen, als ob irgend etwas auf dem Fresko Signorellis ihn zurückgerufen habe, um ihm etwas zu offenbaren. Es sei der erhobene Daumen des Fra Angelico gewesen. Die Warnung. Ja, jetzt erkannte er es.

»Hatoum! Dieses Glas ist kaputt. Bring mir ein anderes. Ein volles.«

Man konnte sehen, wer Tourist und wer regelmäßiger Gast in Hatoums Kneipe war.

Die Touristen lachten über die Bestellung des roten Mannes, die von den Fliesen widerhallte. Die anderen waren daran gewöhnt. Der alte Pole … Ich aber versuchte mir vorzustellen, wie Serena, die süße Serena, die ebenfalls keine Daumen hatte, in diese Geschichte hineinkommen würde, die er sich natürlich ausdachte, während er sie erzählte. Oder vielleicht auch nicht.

Das Mädchen mit den hellen Augen sprach zwar wie eine Fremdenführerin, als habe es alles auswendig gelernt, aber mit dem Nachdruck eines Predigers. Jahrelang, seit die Fresken im Dom von Orvieto zu Beginn des 16. Jahrhunderts vollendet worden waren, hatte man über die Bedeutung der merkwürdigen Geste des Fra Angelico gestritten, den Luca Signorelli neben sich selbst in die linke untere Ecke seines Wandgemäldes über die Taten des Antichrist platziert hatte. Fra Angelico, der mit der Ausschmückung des Doms im 15. Jahrhundert begonnen hatte, scheint auf die anderen Fresken zu deuten, auf denen die Schrecken des Endes des Welt zu sehen sind. Sein Zeigefinger hat indes weniger Gewicht als der erhobene Daumen. Die Haltung der Hand ist nicht natürlich, sie ist nur aus dem Bedürfnis heraus zu erklären, den Daumen hervorzuheben, mit dem Fra Angelico seinem Nachfolger die Ursache, den Beginn, den Schuldigen für die Verdammnis der Menschheit offenbart. Und damit die Botschaft noch deutlicher wird, sind beide im Vordergrund des Freskos des Antichrist gemalt. Der Widersacher Christi. Der Unheilvolle. Ohne den Daumen wäre der Mensch nicht der Versuchung des Bösen erlegen. Seine Hände würden die ihm von der Wissenschaft, der Industrie und der Eingebung verliehenen Werkzeuge dafür, sich mit dem Himmel zu messen, gar nicht halten können. Auch nicht die Waffe, mit der er seinesgleichen töten sollte. Oder den Hammer, mit dem er Christus ans Kreuz nageln sollte. Und zum Schluss hatte das Mädchen mit den hellen Augen, noch immer das Gesicht des Polen in den Händen haltend, gesagt:

»Komm und lass dich läutern. Willst du?«

»Ja, ich will!«

»Dann lass uns gehen. Komm und lerne den Meister kennen.«

»Wo? Und wie?«

Sie hatte ihn an der Hand mitgezogen. Er tat so, als zögere er.

»Ich bin mit einem Mietwagen aus Rom gekommen …«

»Dein Auto bleibt hier. Wir nehmen dich mit.«

»Wohin?«

»Zur Erlösung.«

»Wohin?«

»Komm, komm mit.«

Ehe er, von dem Mädchen mit den hellen Augen geführt, aus der Kathedrale getreten war, hatte der Pole zurückgeschaut und etwas gesehen, das ihm in all den

Tagen, die er vor dem Fresko ausgeharrt hatte, entgangen war. Einer der vom Antichrist auf Abwege Geführten sah tatsächlich aus wie Dr. Curtis als junger Mann. Der Antichrist schien ihm in sein linkes Ohr Anweisungen zu erteilen. Und beim Verlassen der Kirche bemerkte der Pole zum ersten Mal, dass keiner der Jugendlichen in der auf den Stufen sitzenden Gruppe Daumen besaß.

»Hatoum! Noch mehr Cachaça!«

»Und dann?«

»Und dann was?«

Allmählich entschwand der Pole wieder in seinem Nebel. Nie erreichte er wach den Einbruch des Abends. Dieses Mal ignorierte Hatoum seine Bestellung.

»Wohin hat das Mädchen Sie gebracht?«

»Es hat mich nirgendwohin gebracht. Ihre Arbeit war erledigt. Sie verfrachtete mich in ein Auto, das von einem schweigsamen, stumpfsinnigen Italiener gelenkt wurde, der glücklicherweise sämtliche Finger beisammen hatte. Sonst weiß ich nicht, wie wir über die Serpentinenstraße gelangt wären, die von Orvieto herunter zur Autobahn führt. Wir fuhren ein paar Minuten darauf entlang, bogen dann in eine Nebenstrecke ein und anschließend in eine Zypressenallee, die bei einem großen, alten Haus endete, wo ich ausstieg.«

»Und dann?«

Doch der Pole antwortete nicht. Er versuchte aufzustehen, um sich an der Theke über Hatoums Nachlässigkeit zu beschweren. Er schaffte es nicht. Er sah mich an, bleckte die gelben Zähne und fragte mit fast geschlossenen Augen:

»Machst du dir auch Notizen?«

Das waren die letzten verständlichen Worte, die er an diesem dritten Tag von sich gab. Er fing an, irgend etwas in einer Sprache zu deklamieren, die ich nicht identifizieren konnte. Dann versuchte er, »Rosa, my Rosa« zu singen, gab es jedoch auf. Kurze Zeit später lag er mit dem Kopf auf dem Tisch, die Arme beiderseits des Stuhls herabhängend. Ehe er in den Schlaf fiel, hob er den Kopf und sagte: »Und im Herzen des Labyrinths begegnen wir unserer Mörderseele.«

Hatoum kam und fragte, ob ich noch Serigüela-Saft wolle. Ich verneinte. Ich musste ins Hotel und schreiben, solange ich noch ein Mindestmaß an Kontrolle über meine grauen Zellen hatte.

Im Hotel fand ich eine Nachricht von einem gewissen Arides vor, der mich bat, ihn jederzeit anzurufen. Eine Ortsnetznummer. Arides erklärte mir, er arbeite bei der Fluggesellschaft Varig und sei von Dr. Múcio beauftragt worden, mich zu fragen, ob ich bereits die Fotos hätte.

Er wisse nicht, um was für Fotos es sich handele, er richte es mir nur aus. Falls die Antwort ja laute, würde er am darauffolgenden Morgen im Hotel vorbeikommen, um den Film abzuholen und nach São Paulo zu schicken. Die Antwort lautete ja. In dieser Nacht träumte mir, ich sei eine Viktoria-Regia-Seerose und schwämme in meinem eigenen Schweiß.

Buriti

»Gögre, gögre.« Serena kommt auf dänisch. Und behauptet, ihre indianische Seite sei zugleich ihre kalte Seite. Die, die unbeteiligt bleibt, analysiert man einmal die Reaktion ihrer dänische Seite auf den Chauasca und die anderen Kräuter und Früchte, die sie für ihre Tees verwendet, auf die Hitze von Manaus und auf unsere Verrenkungen auf ihrer Matratze. Ich weiß nicht, welche Geräusche ich von mir gebe, wenn ich unter der Einwirkung des Chauasca komme. Ich kann mich nicht hören, ich höre, als sei es in meiner Brust, wie der Amazonas und das Meer in einem bronchialen Seebeben aufeinandertreffen. Ich höre den Urwald und die Stadt, ich höre das »Gögre, gögre« Serenas, vermischt mit den Klängen der Sterne, aber mich höre ich nicht. Serena sagt, mein Gefühl, dass wir beim Orgasmus zusammen über dem Boden schweben, sei bloß ein Gefühl. Das sei der Chauasca. Ihre indianische Seite erlaubt mir nicht, über die Maßen in Wahnvorstellungen zu verfallen. Ich hatte Serena aufgesucht, gleich als ich in Manaus eingetroffen war, denn man hatte mir gesagt, niemand wisse mehr über halluzinogene Kräuter und Früchte im Amazonasgebiet als sie. Ich hatte mir eine Verrückte oder eine ernste, vertrocknete Akademikerin vorgestellt. Ich hatte nicht erwartet, auf jemanden wie sie zu treffen, eine zweigestaltige, hübsche junge Frau, von einer Seite schöner als von der anderen. Sie hatte mich durch Manaus und seine Läden mit exotischen Kräutern und Früchten geführt, und am dritten Tag hatte sie mich eingeladen, auf ihrer Matratze den Chauasca zu kosten. Noch am selben Nachmittag hatte ich ihr »Gögre, gögre« wie das Gurgeln in der Tiefe eines Brunnens vernommen und nach der Liebe die Auskunft, dass sie für das Trema nicht garantieren könne, da sie von dem Dänisch ihres Vaters nur wenig behalten habe. Und nun fragte ich sie nach ihren fehlenden Daumen, um herauszufinden, wie sie in die Geschichte des Polen passte. Was hatte sie noch gleich über den linken Daumen des Fra Angelico gesagt?

An jenem Morgen hatte ich Arides von der Varig die Filmrolle übergeben, der sie mit der ersten Maschine nach São Paulo schicken wollte. Ich hatte keinen Schimmer, welches Interesse Dr. Múcio an dem Polen haben mochte, befolgte jedoch seine Instruktionen: Ich adressierte den Hotelbriefumschlag mit der Filmrolle darin an ihn persönlich. Auf dem Weg vom Hotel zu Serenas Haus hatte ich das Gefühl gehabt, verfolgt zu werden. Und nun lag ich da, Seite an Seite mit Serena auf ihrer Matratze, wir beide nackt, ich völlig verschwitzt, sie verschwitzt nur auf ihrer dänischen Seite, und sie erzählte mir mit ihrer Stimme aus Seide einen Teil ihrer Lebensgeschichte, den sie bisher noch nicht erwähnt hatte. Ich bemühte mich, ihr über die Winde hinweg zuzuhören, die von den Anden herunterpfiffen, über den Urwald rasten und zusammen mit dem Rauschen von tausend Wasserfällen in meinem Kopf umherwirbelten.

Acht Tore sind es weltweit, acht Ausgänge, acht Wege, durch die die Geläuterten in den Himmel auffahren werden, wenn das Ende gekommen sein wird. Acht, einer für jeden der an den Händen der Gewarnten des Fra Angelico noch übriggebliebenen Finger. Einer dieser Orte befindet sich in Amazonien, im mythischen Dreieck zwischen dem Amazonas, dem Rio Negro und der Äquatorlinie. Serena malte das Dreieck mit dem Zeigefinger auf meinen Bauch; der Äquator verlief quer über meinen Nabel, und der Amazonas und der Rio Negro trafen sich in Manaus, das barmherzig im Schatten meines Schamhaars verschollen lag. Die Geläuterten gründeten im Urwald eine Kolonie und schlugen sich mit dem durch, was sie mit ihren versehrten Händen anpflanzen und erbauen konnten. Dabei übertrieben sie die Schwierigkeiten, die ihnen das Leben ohne Daumen bereitete, und ließen mit großem Getöse irdene Töpfe und Utensilien fallen, damit Gott es hörte und sah, dass sie der Werkzeuge des Antichrist entsagt hatten. Serenas Vater, ein Däne, der ins Amazonasgebiet gekommen war, um dort die Kräuter und Früchte zu studieren, und der Serena alles beigebracht hatte, was sie wusste, hatte sich der Sekte angeschlossen, nachdem er eine Menge Sapiri-Saft getrunken hatte, einen Saft, der hypnotisiert, tötet oder vergessen macht, je nach dem geistigen Zustand, in dem man ihn trinkt. Serenas Vater war zwar Wissenschaftler, befand sich jedoch am Amazonas, um sich verzaubern zu lassen, oder aber er trug ebenfalls große Schuld in der Seele. Nachdem seine eigenen Daumen amputiert worden waren, hatte er auch die seiner einzigen Tochter abhacken lassen, damit sie in Gottes Augen ebenfalls unschuldig werde. Seine indianische Frau indes, deren Geduld für vom Zauber Amazoniens gefangene Ausländer erschöpft war und die Serenas Worten nach heute eine angesehene Ethnologin in Kopenhagen ist, hatte er nicht dazu überreden können, das gleiche zu tun. Ob Serenas Vater noch lebte? Nein, erklärte Serena. Er habe es sogar bis zum Anführer der Kolonie der Geläuterten in dem mythischen Dreieck gebracht, sei dann aber bei einem Zwischenfall an der Quelle eines Nebenflusses eines Nebenflusses eines Nebenflusses des Rio Negro ums Leben gekommen, ein

Zwischenfall, in den ein Amerikaner und ein merkwürdiger roter Mann verwickelt gewesen seien. Serena hatte die Kolonie nach dem Tod des Vaters verlassen.

Auf der Straße, unterwegs von Serenas Matratze zur Kneipe von Hatoum, schaute ich mich drei- oder viermal um. Was war das nur für ein merkwürdiges Gefühl? Warum sollte mich jemand verfolgen? Ich konnte sogar seine Schritte hören, die sich in meinem Hirn mit dem Radau eines Unwetters in Rondônia und von Trommeln Gott weiß wo vermischten.
Aber sehen konnte ich ihn nicht.

»Buriti-Saft«, sagte Hatoum und schenkte mein Glas voll. »Zur Reinigung der Gehörgänge. Um besser Geschichten lauschen zu können.«
»Wo ist unser Mann?«
Hatoum deutete mit dem Kinn auf einen Tisch, um den herum mehrere Leute standen. Der Pole hatte es geschafft, eine kleine Menschenmenge anzulocken. Er saß auf seinem Stuhl und vollführte eine Bewegung, als erwürge er jemanden. Ich trat näher an die Gruppe heran, konnte aber nicht verstehen, was er erzählte. Der Andenwind wehte noch immer in meinen Ohren. Es schien irgend etwas mit seiner Beteiligung am Tod von

Prinzessin Diana zu tun zu haben, was das Interesse der Zuhörer erklären mochte. Als er schließlich seinen Stuhl zu dem Tisch schleifte, an dem ich geduldig wartete, grinste er triumphierend. Und hielt, in der Gewissheit, Hatoum nicht rufen zu müssen, um seinen Publikumserfolg zu belohnen, sein leeres Glas über den Kopf. Es dauerte nicht lange, bis Hatoum das Glas des Polen mit Cachaça füllte. Er hatte es verdient.

»Charles something.«

»Wie bitte?«

»Der Name des Schauspielers, der mir ähnlich sieht. Oder Howard? Howard something?«

»Ich weiß es nicht.«

»Wo waren wir gestern stehengeblieben?«

»Bei Ihrer Ankunft in einem großen, alten Haus in der Nähe von Orvieto, wo Sie einen Meister treffen sollten. Sie sind aus dem Auto gestiegen.«

»In der Nähe von Orvieto?! Kilometerweit von Orvieto entfernt.«

»Sie haben gesagt, wenige Kilometer.«

»Das habe ich nicht gesagt. Du musst dir langsam Notizen machen. Weit von Orvieto entfernt. In der Schweiz.«

»Wo in der Schweiz?«

»Das tut nichts zur Sache. In der Schweiz.«

Der Pole war an der Pforte einer steinernen Villa irgendwo in der Schweiz von einer daumenlosen Dame in einem weiten, weißen Gewand empfangen worden, die ihn hereinbat, nachdem sie dem italienischen Chauffeur Geld gegeben hatte und dieser anschließend ohne ein Wort in einer Kieswolke davongebraust war. Und die sich entschuldigte. Sie sagte, der Meister empfange jeden zu jeder Zeit, doch im Moment sei er gerade beschäftigt. Sie schlug vor, der Pole solle in der kleinen Eingangshalle warten und die Zeit nutzen, um ein wenig in der Literatur der Sekte zu lesen. Oder um sich auszuruhen. Sie wisse, wie ermüdend die Reise von Orvieto dorthin sei. Der Pole hatte gefragt, ob es üblich sei, dass die Leute so dort ankamen, direkt aus dem Dom von Orvieto, ohne Koffer, ohne Zahnbürste, ohne alles, und die Dame hatte bejaht, durchaus, manche müssten sich gar nicht erst die Vorträge des jungen Mädchens mit den hellen Augen und der durchsichtigen Haut anhören, das in der Kathedrale ausharrte und nach neuen Mitgliedern Ausschau hielt. Sie hatten die Bücher des Meisters bereits gelesen oder von seiner Epiphanie in Orvieto erfahren und gingen mit der Bereitschaft in den Dom, ebenfalls durch den Anblick des erhobenen Daumens von Fra Angelico und der furchterregenden Wandgemälde erleuchtet zu werden. Sie baten darum, errettet, geläutert zu werden und wurden zu der steinernen Villa gebracht, in der der Meister jeden zu jeder Zeit empfing, nur in diesem Moment war er gerade … Der Pole hatte sie unterbrochen und versucht, noch mehr in Erfahrung zu bringen. Ob die Villa ein Tempel sei? Ob sie so etwas wie ein Kloster sei? Ein Schulungszentrum? Wurden die Daumen gleich dort entfernt? Erinnerte sie sich vielleicht an einen Amerikaner, der einige Tage zuvor von Orvieto dorthin gebracht worden sei … Doch die Dame hatte nur sanft gelächelt und zu dem Polen gesagt, er solle, solange er warten müsse, die in der kleinen Halle ausliegenden Bücher des Meisters lesen. Der Meister würde ihm alle seine Fragen beantworten.

An dieser Stelle fiel mir auf, dass sich jemand in unsere Nähe an einen Tisch gesetzt hatte und mit unverhohlenem Interesse zuhörte, was der Pole erzählte. Ein Männlein. Das war nicht ungewöhnlich, der rote Riese war die Attraktion in Hatoums Kneipe und das Männlein vielleicht ein Überbleibsel des Auditoriums, das mehr über das Ende von Prinzessin Diana hatte erfahren wollen. Stutzig machte mich indes die Mappe, die es genau so auf einen der Stühle legte, dass ein verstecktes Tonbandgerät den Bericht des Polen hätte aufzeichnen können, selbst wenn er ein wenig darauf geachtet hätte, nicht laut zu sprechen, was nicht der Fall war. Der Pole sprach sogar dann laut, wenn er flüsterte. Ich hatte keinen Zweifel, dass es derjenige war, der mir vom Hotel aus gefolgt war, um herauszufinden, wo ich den Polen entdeckt hatte. Aber wozu?

Der Pole beschrieb seine Begegnung mit dem Meister wie das Zusammentreffen zweier Titanen des Geistes. Er hatte sich als »Joseph« vorgestellt und Englisch gesprochen. Der Meister war wie er hochgewachsen, hatte einen Bart und langes Haar und trug ebenfalls ein weites, weißes Gewand. Das einzige, was nicht zu seinem Jesus-Christus-Image passte, waren der schwarze Terminkalender und der Kugelschreiber, die er bereithielt, um sich die Daten des Neuankömmlings zu notieren, ein Ensemble aus einem Ohrtelefon und einem winzigen Mikrophon, über die er, der Pole hatte es durchschaut, ständigen Kontakt zu den Wachleuten des Hauses hielt, und ein scharfer, kalter Blick, der in nichts an den Blick von Christus oder sonst eines Heiligen erinnerte. Dem Polen war aufgefallen, dass er beide Daumen besaß. Mit einem einzigen Blick auf den Polen hatte auch der Meister erraten, dass er nicht vor einem Bekehrten stand, der seine Daumen für die Erlösung zu opfern bereit war. Und so hatte er mit einem Knall seinen Terminkalender zugeklappt, hatte in seinem Gewand einen Platz für den Kugelschreiber gefunden und gefragt:

»Polizei?«

»Nein«, sagte der Pole.

»Reporter?«

»Nein?«

»Was wollen Sie?«

»Vor einigen Tagen ist ein Amerikaner aus dem Dom in Orvieto hierhergebracht worden.«

»Ja. Curtis.«

Curtis war an einem Dienstag in der steinernen Villa eingetroffen, chauffiert von demselben schweigsamen Fahrer wie der Pole. Er hatte zwei Nächte in der Villa geschlafen, denn die Amputationen wurden nur donnerstags von einem Arzt im Ruhestand durchgeführt, der in Burgdorf wohnte, einem nahe gelegenen Örtchen, und den der Meister auf deutsch mit »Herr Doktor« anredete. Der Meister war daran gewöhnt, verzweifelte Menschen zu empfangen, aber noch niemals hatte er jemanden gesehen, der so von Schuldgefühlen gepeinigt war wie Curtis. In der zweiten Nacht, am Vorabend der Amputation, hatte er ihn eingeladen, mit ihm zu essen. Curtis hatte nichts zu sich genommen, hatte Käse und Wein nicht angerührt. Er hatte den Meister gefragt, was ihn nach der Amputation erwartete, wenn er die Werkzeuge des Antichrist nicht mehr tragen würde. Er hatte auf sein linkes Ohr gedeutet und den Meister gebeten: »Sprechen Sie hier hinein«, denn so würde die Botschaft von seiner Erlösung in dasselbe

Ohr gelangen wie die Worte, die er vom Antichrist empfangen hatte und die in einer anderen Inkarnation seine Seele vergiftet hatten, so wie Signorelli es auf dem Fresko in Orvieto dargestellt hatte. Der Meister hatte bestätigt, dass der Tag der Himmelfahrt nah sei. Die Prophezeiung stehe im ersten Thessalonicher, 4, 17, die da leben und übrigbleiben, werden entrückt auf den Wolken in die Luft, dem Herrn entgegen. Die die Seuche überlebten, würden in den Himmel auffahren, und Gott würde den Daumenlosen, die die Werke des Antichrist ausgeschlagen hatten, den Vorzug geben. Der Meister hatte Curtis gefragt, ob er schon wisse, von wo aus er fortgebracht werden wolle an dem Tag, an dem er von der Welt erlöst und dem Herrn an seinen geläuterten Händen den Beweis seiner Reue zeigen würde. Acht Tore seien es, acht Ausgänge. Acht, wie die Finger, die noch verblieben, wenn die ruchlosen Daumen abgehackt worden waren. Curtis hatte dem Meister nicht die Frage gestellt, die der Pole stellte: Warum nicht auch seine Daumen amputiert seien?

»Ich werde sie als letzter abschneiden«, sagte der Meister zu dem Polen. »Wenn ich meine Mission erfüllt habe.« Seine Mission bestand darin, zu läutern, wer geläutert werden wollte. Die Reumütigen zu bessern, um sie von der Schuld der Menschheit zu erlösen, wenn das Ende gekommen wäre.

»Hatoum! Cachaça!«, rief der Pole und schreckte das Männlein am Nebentisch auf, das sich kein Wort von seiner Erzählung entgehen ließ.

Acht Tore, acht Auswege. Nachdem er seinen Wein ausgetrunken und den Tisch abzuwischen befohlen hatte, entrollte der Meister vor Curtis eine Weltkarte. Mit dem Finger deutete er auf die Orte, an denen Gruppen der Sekte auf das Ende warteten.
Orvieto war einer von ihnen. Die Villa selbst ein anderer. In Nepal … Doch Curtis' Augen starrten unverwandt einen Punkt auf der Landkarte an. »Hier?«, fragte er und bohrte den Finger direkt oberhalb der Äquatorlinie in den Kongo. An die Stelle, an der er die Epidemie entfesselt hatte, die die Welt bedrohte. Der Meister antwortete, in Afrika gebe es kein Tor. Das einzige in der Nähe des Äquators befinde sich auf der anderen Seite des Atlantiks im Amazonasgebiet. »Hier«, sagte er und zeichnete mit dem Finger das vom Äquator, dem Rio Negro und dem Amazonas gebildete Dreieck ein. Der Pole ahmte auf der Tischplatte die Handbewegung des Meisters nach. »Rio Negro! Amazonas! Äquator!« Mir fiel auf, dass das Männlein am Nebentisch sich von seinem Stuhl erhob, um die vom Finger des Polen beschriebene Zeichnung verfolgen zu können.

Curtis machte große Augen. Er sagte: »Das Dreieck!« Er hielt sein Gesicht ganz nahe an die Landkarte, als wolle er Einzelheiten erkennen, die unter dem gedruckten Grün Amazoniens verborgen lagen. Das gleiche tat er mit dem Kongo. Er bewegte den Kopf mehrmals hin und her – vom Kongo zum Amazonas, vom Amazonas zum Kongo –, wobei seine Nase fast über den Atlantik scheuerte, und sagte dabei: »Ja, ja, ja …« Er hatte irgend etwas entdeckt, das ihn zunächst erschreckt, dann beflügelt und schließlich euphorisch gemacht hatte. »Ja, ja, ja … Genau. Das ist es!«
Er fragte den Meister: »Wie komme ich von hier nach Chartres?«
»Nach Chartres?!«
»Mir ist etwas eingefallen. Ich muss nach Chartres. Sofort.«
»Aber der Herr Doktor kommt morgen. Wegen der Amputation Ihrer …«
»Vergessen Sie das. Was muss ich tun, um nach Chartres zu kommen?«
»Nun, Sie können mit dem Taxi bis zum Bahnhof nach Burgdorf fahren, einen Zug nach Genf nehmen und …«
»Rufen Sie mir bitte ein Taxi.«
»Und was ist mit Ihren Daumen?«
»Die werde ich brauchen.«

Der Pole erzählte, er habe den Meister gefragt, ob Curtis ihm von dem, was im Kongo passiert war, berichtet hatte. Der Meister habe gezögert. Vielleicht ahnte er, dass er in Gefahr war, dass dieser riesenhafte, rotblonde Mann ihm etwas antun könne, noch bevor die Sicherheitsleute eintrafen. Trotzdem bejahte er. Während sie auf das Taxi gewartet hatten, habe Curtis genaue Informationen von ihm verlangt, wie er die Daumenlosen im Amazonas-Urwald finden könne, und ihm erzählt, was er im Kongo getan hatte, für wen und warum. Und zum Abschied hatte er gesagt, er glaube, eine Art und Weise gefunden zu haben, sein Verbrechen wiedergutzumachen und sich von seiner Schuld zu befreien. Doch zuvor müsse er nach Chartres fahren. Er müsse die Zeichen noch einmal sehen.

»Und Sie, Herr Joseph?«, hatte der Meister gefragt. »Was für ein Interesse haben Sie an Curtis?«

»Sagen wir, auch ich erfülle eine Mission.«

»Eine Mission?«

»Ähnlich wie die Ihre. Auch ich befreie die Menschen von ihren Sorgen. In diesem Fall gibt es Leute, die sich Sorgen machen wegen Dr. Curtis und dem, was er möglicherweise über sie verbreitet.«

An diesem Punkt war der Meister wohl zu der Überzeugung gelangt, dass er sich in Gefahr befand. Er rückte das kleine Mikrophon vor seinem Mund zurecht, über das er den Wachmann rufen würde, der ihn vor dem Polen beschützen sollte, und fragte: »Und was halten Sie von meiner Mission?«

»Ich bin noch nicht dahintergekommen, worin Ihr Geschäft besteht. Wie Sie damit Geld verdienen.«

»Ich verdiene wenig. Zuweilen danken manche der Geläuterten mir, indem sie mir ihren gesamten Besitz überlassen, ehe sie aufbrechen, um auf die Erlösung zu warten. Doch die meisten bezahlen noch nicht einmal die Arbeit vom Herrn Doktor. Oder die Betäubung. Sie erstatten uns auch nicht die Kosten für ihren Transport von Orvieto hierher, wenn wir sie holen. Sie kommen für ihre Fahrt bis zur Ausgangspforte ihrer Wahl selbst auf. Ich verdiene hieran nichts. Ich glaube an meine Mission. Glauben Sie an mich?«

»Ich habe mir Ihre Prospekte angeschaut. Sie behaupten, Sie hätten, als Sie den erhobenen Daumen des Fra Angelico deuteten, eine Epiphanie gehabt, eine Vision vom Ende der Welt und von der Erlösung der Daumenlosen …«

»Ja.«

»Hatten Sie nicht noch eine andere Vision von Ihrem eigenen Ende?«

»Nein. Ich habe gesehen, dass auch ich erlöst werde, gemeinsam mit den anderen, wenn die Zeit gekommen ist.«

»Meister, Ihre Epiphanie war falsch.«

»Warum?«

»Weil Ihr Ende jetzt gekommen ist. Ich bin Ihr Ende.«
Der Meister hatte einige Minuten lang geschwiegen. Dann hatte er abermals gefragt: »Warum?«
»Sie wissen, was im Kongo passiert ist und wer die Verantwortlichen sind. Das Verbrechen des Jahrhunderts. Das Verbrechen sämtlicher Jahrhunderte. Die Verantwortlichen wollen nicht, dass irgend jemand davon erfährt.«

»Und Sie haben ihn umgebracht?«, fragte ich den Polen.
Er hielt beide Hände hoch.
»Ja. Mit den Lautlosen. So.«
Und der Pole tat einen Satz, dass sein Stuhl durch die Luft flog, und packte das Männlein vom Nebentisch am Hals. Hatoum sprang über die Theke und umschlang den Polen von hinten.
»Lass los, Pole! Lass ihn los!«
Ich hängte mich an seine Arme. Es kamen noch zwei, drei andere hinzu, um uns zu helfen, den Polen zu bändigen. Wir stürzten allesamt auf den Tisch und das Männlein, das schon ganz blau war, als es uns endlich gelang, dass der Pole seinen Hals losließ. Das Männlein nahm sein Köfferchen und taumelte aus der Kneipe hinaus. Der Pole stand auf und ging seinen Stuhl holen, derweil er sich Hatoums Drohungen anhörte, er werde für immer auf der Straße landen, wenn er so etwas noch

einmal machte. So schnell, wie Hatoum herbeigeeilt war, um ihn zu packen, schloss ich, war es nicht ungewöhnlich, dass der Pole derart gewalttätig wurde und Leute attackierte.

»Der Kerl hat sich kostenlos meine Geschichte angehört«, rechtfertigte sich der Pole.

Die gesamte Kneipe hörte die Geschichte des Polen, ohne sich an der Bezahlung seines Schnapses zu beteiligen. Das Männlein hatte lediglich das Pech gehabt, am nächsten zu sitzen. Und hätte beinahe sein Ende durch die Hände des Polen gefunden, so wie der Meister in dessen Geschichte. Wenn die Geschichte denn stimmte.

Kurze Zeit darauf war der Pole eingeschlafen. Mit halbgeschlossenen Augen und einem Seufzer hatte er abermals einen seiner kryptischen Sätze von sich gegeben, eine Frage: »Rosa, Rosa, so also endet es?« Dann: »Lass mich wie ein Gentleman krepieren, lass mich …« Dann etwas in einer anderen Sprache, vielleicht auf polnisch. Dann französisch: »Je suis un poète!« Die Rückkehr zum Hotel bereitete mir Schwierigkeiten. Die Luft schien sich verflüssigt zu haben. Ich schwamm zu Fuß zum Hotel und schaute dabei auf der Suche nach dem Männlein mehrmals zurück und nach den Seiten. Doch das Männlein hatte offenbar kein Interesse daran, mir ins Hotel zu folgen. Es war nur hinter mir hergegangen, um herauszufinden, wo die Kneipe lag, in der ich dem Polen lauschte, und um auf Tonband aufzunehmen, was der Pole sagte. Warum? Für wen? Ich hatte kaum mein Zimmer betreten, als das Telefon klingelte. Es war Alvarinho, das Arschloch, der mir mitteilte, er werde mich zu Dr. Múcio durchstellen. Dr. Múcio sagte nicht einmal hallo. Er hatte die Fotos von Józef Teodor bekommen und bedankte sich. Dann teilte er mir mit, jemand würde mich aufsuchen, um mir Instruktionen zu erteilen. Ein gewisser Murilo. Falls Murilo der Name des Männleins war, das mir gefolgt war, dann wusste Dr. Múcio offenbar noch nicht, dass es um Haaresbreite einer der einundzwanzig Arten und Weisen entkommen war, einen Menschen mit bloßen Händen zu töten.

Bacuri

Vom Chauasca bekommt man keinen Kater. Man hat zwar aquatische Träume, erwacht aber mit klarem Kopf. Ich träumte, das Tröpfeln der Quelle des Amazonas im peruanischen Urwald sei irgendwie in meinem Kopf, wie bei einer Nebenhöhlenentzündung, bis ich feststellte, dass das Geräusch von einem schlecht zugedrehten Wasserhahn im Badezimmer herrührte. Mein Gesicht im Spiegel über dem Waschbecken sah nicht verändert aus. Der tägliche Genuss von Serenas Wundertee konnte mir nichts anhaben. Und wenn doch, wüsste ich es dann? War es nicht ein Zeichen von Wahnsinn, dass ich mich ganz normal fand, obwohl ich das Gefühl hatte, beim Orgasmus über dem Erdboden zu schweben? Serena hatte seit dem Verlassen der Urwaldkolonie nach dem Tode ihres Vaters an jedem Tag ihres Lebens Chauasca getrunken, und der Tee hatte zur wissenschaftlichen Genauigkeit ihrer Untersuchungen der halluzinogenen Flora nur beigetragen. Sie behauptete, so luzide zu erwachen, dass sie das Innere eines Halms, einer Frucht nachempfinden könne, doch war das vielleicht ihre von den Tropen verzauberte dänische Seite, die da sprach. Tags zuvor hatte ich sie gefragt, ob sie sich an den Zwischenfall mit dem Amerikaner und dem seltsamen roten Mann erinnere, in den ihr Vater an einem Nebenfluss eines Nebenflusses eines Nebenflusses des Rio Negro verwickelt gewesen war, aber sie war nicht darauf eingegangen und hatte angekündigt, an diesem Nachmittag würde ich eine bestimmte, machtvolle Wurzel ausprobieren, die in den Chauasca gekrümelt wurde, und ich würde Adi, die Schlangenfrau, kennenlernen. Als ich pinkeln ging, hatte ich den deutlichen Eindruck, dass reinstes peruanisches Kordillerenwasser aus mir floss.

In der Hotelhalle begegnete ich dem Männlein vom Vortag. Es war tatsächlich jener Murilo, den Múcio erwähnt hatte, und er war nicht eben gesprächig. Auf Múcios Bitte hin übergab er mir ein Minitonbandgerät, damit ich festhielt, was der Pole mir bereits erzählt hatte, und alles aufzeichnete, was er mir im weiteren noch erzählen würde.

Insbesondere sollte ich den Polen nach dem Ort fragen, an dem Dr. Curtis begraben lag. Murilo hatte es eilig. Offenbar suchte er Abstand von der Geschichte und der Gefahr, in den Händen eines Irren den Tod durch Erwürgen zu sterben. Ich hob an zu fragen, ob es ihm gut ginge, aber er wich zurück und vollführte, schon mit dem Rücken zu mir, eine Handbewegung, die ebenso »Alles in Ordnung« bedeuten konnte wie »Sehen Sie zu, dass Sie mich vergessen«.

Serena hatte Besuch von einer ihrer Gruppen für induzierte Innenschau; alle saßen in einem Kreis am Boden, die meisten schienen Ausländer zu sein. Eine Kanne Chauasca wurde von Hand zu Hand gereicht; alle schlossen die Augen, bevor sie die dampfende Flüssigkeit in kleinen Schlucken zu sich nahmen. Serena erzählte, es gebe Fälle von so vollständiger Innenschau, dass der Betreffende in sich verschwand wie eine Schlange, die sich selbst verschluckte. Ich legte mich ausgestreckt auf unsere Matratze und nutzte die Gelegenheit, um über den Polen und das mysteriöse Interesse des alten Múcio für seine abstrusen Geschichten nachzudenken. Ich glaube, ich schlief ein, denn als ich hinsah, war Serenas Fußboden leer. Entweder waren alle schon gegangen, oder alle hatten die totale Innenschau erreicht und waren in sich selbst verschwunden. Serena stand in der Küche und bereitete mit ihren acht Fingern neuen Tee. Dieses Mal für uns. Chauasca mit den Krümeln einer machtvollen Wurzel. Das letzte, was zu hören ich mich erinnere, war das Geräusch eines schweren Körpers, der über den Boden kroch. Adi! Serena versicherte mir, dass wir drei es auf der Matratze miteinander trieben. Ich kann mich nicht daran erinnern, doch auf dem Weg zu Hatoums Kneipe spürte ich, wie meine Rippen schmerzten. Und hörte Adler in ich weiß nicht welchem Kontinent.

»Bacuri«, sagte Hatoum und servierte mir den Fruchtsaft. »Der kuriert alles außer Schielaugen und Wahnsinn.«

Hatoum wollte mir irgend etwas sagen. Entweder beschützte er mich, oder er war Helfershelfer. Wovon, wusste ich nicht. Seine Säfte waren entweder ein Zeichen oder eine Vorbereitung. Vorstufen, vor dem Sapiri. Der am Ende kam, wenn ich reif wäre. Wofür, wusste ich ebenfalls nicht.

Der Pole hatte Publikum. Umringt von aufmerksamen Zuhörern saß er an einem Tisch und erzählte, wie er und seine Widersacherkollegen arbeiteten. Jeder nach seiner Fasson.

Jamal, der Kleine Türke – »Le Petit Turc«, sagte Józef, der Schauspieler, und nutzte das Interesse der Leute, um mit seinem Französisch anzugeben –, tötete mit einem Stilett, einer Art Dolch, wie er beim Stierkampf zur Erledigung des Stiers benutzt wird, wenn der Degen des Matadors nicht das Herz trifft. Ein Eisdolch. Er hatte immer eine Art aluminiumbeschichtetes Lätzchen dabei, aus dem aufgerollt ein kegelförmiges Gebilde wurde, das Jamal mit Wasser füllte. Eine ihm beigegebene Tablette verwandelte das Wasser augenblicklich in Eis, und schon hielt Jamal seine tödliche Waffe in Händen. Seine Opfer wurden durchbohrt von einem vermeintlichen Dolch gefunden, der nie auftauchte, da das Eis im Einstichloch zerschmolzen war. Jamal stach gerne in den Hodensack oder in den Nacken. Er zog den Hodensack vor, weil er von kleinem Wuchs war und ihm der Angriff von unten leichter fiel. Der kleine Jamal war der beste von ihnen. »Nach mir«, behauptete der Pole. Jamal hatte nicht die Klasse von Jósef, dem Torpedo. Er war ein Primitivling. Er sabberte. So jedenfalls erklärte er den Grenzbeamten und dem Wachpersonal am Flughafen das aluminiumbeschichtete Lätzchen, das er stets um den Hals trug. Er war krank, er sabberte.

Die Reaktion des Polen, als er das Tonbandgerät in meiner Hand sah, war merkwürdig. Er hatte sich über meine Inkompetenz als Reporter beklagt, doch nun sah er das Aufnahmegerät misstrauisch an. Warum hatte ich ein Tonband dabei?

»Ich werde Ihre Geschichte aufzeichnen. Für das Buch. War das nicht, was Sie wollten?«

»Du willst sie aufnehmen? Wozu?«

»Damit kein Komma verlorengeht.«
»Du darfst meinen Namen nicht verwenden.«
»Ich weiß nicht einmal, wie Ihr Name geschrieben wird.«
Er zeigte es mir. Auf der Tischplatte, mit dem Finger. Aber er wiederholte: »Du darfst meinen Namen nicht verwenden.«
»Gut. Ich werde ein Pseudonym benutzen.«
Er war so ernst geworden, dass ihm nicht einmal in den Sinn gekommen war, nach Cachaça zu verlangen. Es war, als sei ihm plötzlich bewusst geworden, was er da tat, wenn er mit seiner von Hatoums gefliesten Wänden widerhallenden Stimme allen, die es hören wollten, seine Geschichten erzählte. Bei einem Tonbandgerät musste er vorsichtig sein. Bei einem Tonbandgerät würden seine Worte sich nicht in der Luft verlieren wie die eines x-beliebigen Irren.
»Ich werde alle Namen ändern«, beharrte ich. »Es wird ein Roman werden. Eine fiktive Geschichte.«
Er war immer noch ernst und starrte unverwandt auf das Tonbandgerät.
»Hatoum, einen Zuckerrohrschnaps für unseren Polen!«, rief ich.
Als der Schnaps kam, ergriff er das Glas mit erhobenem kleinem Finger, doch führte er es nicht gleich zum Mund. Er blickte einige Sekunden lang weiter auf das Tonbandgerät, so als erwarte er von ihm irgendeine

Bemerkung. Dann trank er den ersten Schluck und sagte: »Wo waren wir stehengeblieben?«

Wir waren irgendwo in der Schweiz, und der Pole hatte soeben den Meister mit seinen Händen umgebracht. Mit den Lautlosen. Wie es ihm gelungen war, aus der Villa zu entkommen, ohne von den Wachleuten behelligt zu werden? Das tat nichts zur Sache. Die Tonbandversion würde ohne große Einzelheiten auskommen.

Der Pole hatte die Villa unbemerkt verlassen und war von irgend jemandem nach Burgdorf mitgenommen worden, wo er sich als erstes Unterhosen und eine Zahnbürste kaufte.

Dann quartierte er sich in einem Hotel in der Nähe des Bahnhofs ein und rief in Brüssel an. Mathilde, die Hexe, hatte Dienst. Der Pole erstattete ihr seinen Bericht. Dr. Curtis sei unterwegs nach Chartres in Frankreich. Vielleicht sei er schon dort, vielleicht auch schon wieder weg. Er, der Pole, würde Curtis hinterherreisen, es wäre jedoch gut, die gesamte Organisation zu alarmieren, um zu versuchen, ihn abzufangen. Sie sollten Curtis in der Kathedrale suchen. Und noch etwas: In einer steinernen Villa in der Nähe von Burgdorf sei etwas Unerfreuliches passiert. Der Sitz einer Sekte, ein Meister, der zuviel gewusst habe und der nun tot sei, oder in einem Zustand extremer Ignoranz, wie der Pole sich ausdrückte, in dem erfolglosen Versuch, Mathilde ein Lachen zu entlocken. Jemand von der Meierhoff-Gruppe müsse hingeschickt werden, um nachzuschauen und den Fall niederzuschlagen.

Nachdem der Pole das Gespräch mit der Hexe beendet hatte, führte er ein weiteres Gespräch. Mit Maryland. Ihm war eingefallen, was Alice, Curtis' Frau, die mit ihrem Mann auf seiner Pilgerreise an den heiligen Orten der Welt gewesen war, um dort Absolution zu finden, über ihren Besuch in Chartres erzählt hatte. Was gab es in Chartres? Was hatte Curtis am Boden der Kathedrale gesehen, das ihn so beeindruckt hatte? Alice antwortete, so gut sie konnte. Sie fragte, ob sie im Begriff seien, ihren Mann zu finden. Der Pole bejahte. Er fügte allerdings nicht hinzu, dass sie ihren Mann umbringen würden, wenn sie ihn fänden.

Am darauffolgenden Tag nahm der Pole einen Zug nach Genf. Von dort aus ein Flugzeug nach Paris. Am Nachmittag des nächsten Tages traf er mit der Eisenbahn in Chartres ein.

Was es in Chartres gab? Curtis hatte die Plejaden gesehen, eingraviert in den Boden der Kathedrale, in Nord-

Süd-Richtung oder senkrecht zur Äquatorlinie angeordnet. Oberhalb der Sterne befand sich ein Halbkreis und in diesem ein Fünfeck. Unterhalb der Sterne ein Dreieck. Von der südlichen Hemisphäre aus gesehen, standen die Plejaden oberhalb der Konstellation des Orion, von der nördlichen Hemisphäre aus betrachtet darunter. Orion, der Jäger mit seinen räuberischen Hunden, war eine negative Formation am Firmament. Südlich des Äquators hingegen wurde Orion bereits von den Plejaden beherrscht, die eindeutig eine positive Formation waren. Seiner Frau zufolge hatte Curtis in dem Halbkreis die von der oberen Krümmung des großen Kongoflusses und der Äquatorlinie begrenzte Gegend Afrikas erkannt, in der er unter bösem Stern seine tödliche Seuche in Umlauf gebracht hatte. Sogar das Pentagon war auf dem Bild. Irgendwo auf der Welt musste sich das unterhalb des Äquators gelegene Dreieck befinden, das unter den positiven Plejaden stand und in dem nach Curtis' Interpretation alles andersherum sein musste. Das Dreieck, das ihn und die Welt erretten würde. Von dem er allerdings nicht wusste, wo es zu finden war.

»Das war es, was Curtis auf der Karte gesehen hatte, die der Meister ihm zeigte«, erklärte der Pole. »Das Gegenstück zu dem afrikanischen Halbkreis, das Dreieck, in dem sich Böse in Gut verwandelt. Amazonas! Rio Negro! Äquator!«

Und abermals zeichnete der Pole mit der Fingerspitze das Dreieck auf den Tisch.

In Chartres hatte der Pole die in den Boden der Kathedrale eingravierten Zeichnungen studiert. Die senkrecht zur Äquatorlinie verlaufenden Plejaden, den oberhalb der Sterne befindlichen Halbkreis mit dem Fünfeck darin, das Dreieck unterhalb der Sterne, die Botschaft für Curtis, die jahrhundertelang auf ihren Entzifferer gewartet hatte. Nichts deutete darauf hin, dass das Dreieck im Amazonasgebiet lag oder dass die von den Plejaden durchkreuzte Linie überhaupt der Äquator war, doch in dem von Schuldgefühlen gepeinigten Hirn des Amerikaners war die Botschaft eindeutig, und sie galt ihm. Jemand hatte mit Curtis in Chartres gesprochen. Ein Pfarrer. Curtis hatte einem Pfarrer gebeichtet. Mitten im Kirchenschiff, auf dem in den Boden gravierten Labyrinth vor ihm kniend. Der sprachlose Pfarrer hatte versucht, Curtis zum Aufstehen zu bewegen, um ihn zum Beichtstuhl zu geleiten, doch Curtis hatte darauf beharrt, seine Beichte direkt dort über dem Labyrinth abzulegen. An die Beine des Pfarrers geklammert, in dessen Gesicht noch der Schrecken über das Vernommene geschrieben stand. Ich weiß, was er Ihnen gebeichtet hat, sagte der Pole. Der Pfarrer durfte das Gehörte nicht wiederholen, das Beichtgeheimnis erlaubte es nicht.

Aber noch nie hatte er eine so deutliche Ahnung von dem Bösen gehabt, zu dem die Menschheit fähig ist, von dem finsteren Herzen des Bösen, noch war er je einer Seele begegnet, die so sehr von Gewissensbissen beherrscht wurde wie die dieses armen Büßers. Du bist im Herzen deines Labyrinths angelangt, hatte der Pfarrer zu Curtis gesagt, und hast deine verdüsterte, schutzlose Seele gefunden. Aber Gott wird sie erlösen. Hab Vertrauen, Gott wird sie erlösen, Gott ist im Herzen aller Labyrinthe. Nein, hatte Curtis erwidert, ich selbst werde sie erlösen. Ich weiß, wie. Ich weiß, wo. Ich bin hergekommen, um die Zeichen zu lesen, und die Zeichen haben ihre Botschaft bestätigt.

Der Pole hatte den Pfarrer gefragt, ob Curtis gesagt habe, wohin er ginge. Ja, er wollte nach Brasilien. Ins Amazonasgebiet. Er hatte von einem Dreieck gesprochen. Er hatte gesagt, die Heilung würde von dem Dreieck ausgehen. Die Absolution für seine verdüsterte Seele. Der Pole bat den Pfarrer, den Reliquienschrein der Kathedrale besuchen zu dürfen, der Pfarrer war einverstanden. Er stieg dem Polen voran die Steintreppe hinunter. Als sie an der eisernen Pforte zu dem Sanktuarium ankamen, wartete der Pole, bis der Pfarrer sich umdrehte …

An dieser Stelle deutete der Pole auf das Tonbandgerät auf dem Tisch und sagte: »Schalt das aus.«

»Aber …«

»Schalt es aus.«
Ich schaltete das Tonband aus, und der Pole erzählte, dass er den Pfarrer erwürgt hatte.
Nichts bot die Gewähr, dass der Pfarrer die schreckliche Beichte, die er von dem Amerikaner vernommen hatte, nicht weitergeben würde. Das EAB-Projekt. Die außer Kontrolle geratene Epidemie. Die Schuld der Meierhoff-Gruppe an dem größten Verbrechen aller Zeiten. Indem er den Pfarrer tötete, hatte der Pole dazu beigetragen, das Beichtgeheimnis zu wahren.

An diesem fünften Tag dauerte es, bis der Pole die Besinnung verlor. Ich merkte erst, dass er allmählich unzusammenhängend wurde, als er mich abermals fragte, was ich machte, und erklärte, das einzige, was er ohne Rosa vom Leben wolle, sei langsam zu krepieren wie ein Gentleman. Mehr verlangte er nicht. Langsam zu krepieren, wie ein Gentleman.

Ich bat Hatoum, das Bündel des Polen inspizieren zu dürfen, das dieser in einem Raum hinter der Kneipe aufbewahrte. Ohne zu zögern, erklärte Hatoum sich einverstanden. Er ließ mich mit dem Inhalt des Bündels alleine. Nicht ein, sondern drei alte, verblichene Pässe befanden sich darin. Ein polnischer, ein englischer und ein belgischer, alle mit dem gleichen Foto des Polen als junger Mann, aber jeder mit einem anderen Namen. Mit der Hand abgeschriebene englische und französische Gedichte in einem abgenutzten Heft. Vielleicht stammte das eine oder andere Gedicht von ihm. Das Foto einer hübschen, in die Kamera lächelnden Frau. Rosa. Ein Foto derselben Frau zwischen dem Polen und einem anderen Mann, alle drei elegant gekleidet und ebenfalls in die Kamera lächelnd. Der andere Mann auf dem Foto war vielleicht Dr. Curtis, der Ort besagter Empfang der Meierhoff-Gruppe zu seinen Ehren, nach dem anfänglichen Erfolg des EAB-Projekts. Ein drittes Foto derselben Frau, nur dünner und sichtlich krank. Rosa kurz vor ihrem Tod. Ein Flugticket Paris–Rio–Manaus und Manaus–Rio–Paris, bei dem der Rückflug offen und noch nicht benutzt war.

Ich schwamm den Bürgersteig entlang zurück zum Hotel und rief bei der Zeitung an. Múcio wollte wissen, ob ich bereits herausgefunden hätte, wo Dr. Curtis begraben lag. Nachdem ich verneint hatte, sagte er: »Lassen Sie uns folgendes tun, mein teurer … mein teurer …« Er wusste meinen Namen nicht mehr. Ich war ihm behilflich.

»Genau. Lassen Sie uns folgendes tun. Ich werde ein Boot besorgen. Murilo wird Sie morgen aufsuchen.

Bitten Sie Jósef, Sie zu der Stelle zu bringen, an der er Dr. Curtis beerdigt hat. Notieren Sie sich genau, wo es ist, und geben Sie uns dann Bescheid.«

»Ich habe verstanden.«

Ich verstand nur nicht, wer »uns« war.

Patavá

Nebenflüsse von Nebenflüssen von Nebenflüssen von Nebenflüssen ... Nur mühsam wurde mir klar, dass ich nicht in einem von ihnen erwacht war, sondern in meinem eigenen Schweiß, der das Bett tränkte. Nichts Anomales im Spiegel, sofern das dort tatsächlich ich war. Murilo stand in der Hotelhalle. Widerstrebend. Das Schiff, das den Polen den Rio Negro hochbringen sollte, war gechartert. Murilo gab mir genaue Instruktionen, wie es zu finden wäre. Schon im Abgang befindlich, rückwärts auf die Tür des Hotels zustrebend. Das Schiff hieß »Márcio Souza«. Es gehörte einem Genoino. Gehen Sie um vier Uhr nachmittags zu Seu Genoino. Sagen Sie, Sie kämen von Seu Murilo. Er weiß, worum es geht. Es ist bereits bezahlt. Gute Fahrt. Und verschwand, fast im Laufschritt.
Ich änderte meine alltägliche Routine. Bevor ich mich auf Serenas Matratze begab, sah ich in der Kneipe von Hatoum vorbei. Ein ungewöhnlicher Anblick: der Pole am Morgen. Er fegte gerade die Kneipe aus, schleifte jedoch seinen Stuhl dabei mit. Ich kündigte ihm an, dass wir ein Boot hätten, um den Rio Negro hinaufzufahren.

Er könne mir zeigen, wo er Curtis begraben habe. Falls er sich erinnere.
Selbstverständlich erinnerte er sich. Nicht umsonst wurde er Jósef, der Torpedo, genannt. Niemals verfehlte er sein Ziel, niemals verlor er die Orientierung. Deshalb wurde für die schwierigen Missionen er ausgewählt. Deshalb war er der Liebling, noch vor Jamal, Le Petit Turc, der ebenfalls gut war, aber schon zweimal den falschen Mann getötet hatte, einschließlich eines Premierministers, obwohl das Ziel ein Staatssekretär gewesen war. Ob er denn gewillt sei, den Rio Negro hinaufzufahren? Der Pole schwieg.
»Das will ich sehen«, sagte Hatoum.
»Fahren wir oder fahren wir nicht?«, fragte ich.
Der Pole zögerte. Dann sagte er: »Wir fahren.«
»Ich komme um halb vier vorbei, und dann gehen wir zum Schiff.«
»Das will ich sehen«, wiederholte Hatoum.
Nach dem »Gögre, gögre« berichtete Serena mir mit ihrer Stimme aus Seide, dass der Mythos vom Iguê-ago, dem Nebenfluss eines Nebenflusses eines Nebenflusses eines Nebenflusses des Rio Negro, der nicht auf der Landkarte eingezeichnet war, schon alt war. Ihr Vater hatte ihn ihr als Kind erzählt. Es gab in der Gegend aber auch jüngere Mythen. So wie den von dem englischen Ehepaar, das sich mit der brasilianischen Besatzung eines Ausflugsdampfers überworfen hatte und am Ufer eines

Nebenflusses eines Nebenflusses eines Nebenflusses des Rio Negro ohne eine Möglichkeit des Kontakts mit der Zivilisation an Land gesetzt worden war. Die Frau hatte im Wald ein Kind zur Welt gebracht. Das Paar war gestorben und der Junge von Faultieren aufgezogen worden. Anhand von der Mutter zurückgelassener Modezeitschriften hatte er lesen gelernt und war im Jugendalter, als er wegen der Benutzung seiner Daumen bereits eine Führungsposition unter den Faultieren eingenommen hatte, von Kautschuksammlern entdeckt worden. Er war nur schwer davon zu überzeugen gewesen, dass er anders war als die Menschen, die er in den Zeitschriften seiner Mutter sah, und dass er keine Büstenhalter zu tragen brauchte als die, die er aus Pflanzenstengeln flocht. Es wurde erzählt, der Engländer lebe noch und sei ein in London für sein exzentrisches Wesen, seine Lethargie und seinen Spleen, andere nach Läusen abzusuchen, bekannter Lord. Niemand wusste, ob es stimmte. Auch der Mythos von dem Geisternebenfluss konnte nicht nachgeprüft werden, denn wer ihn fand, kehrte nie zurück. Wer sich in dem Labyrinth der Nebenflüsse der Nebenflüsse der Nebenflüsse des Rio Negro verirrte und auf den Iguê-ago geriet, würde sich selbst unverhofft als totem Mann begegnen und nie wieder gesehen werden. Ich fragte, ob Adi, die Schlangenfrau, an diesem Tag nicht vorbeikommen würde, was Serena bejahte, allerdings müsse man unserem Chauasca das Abgeriebene einer Wurzel beifügen, ob ich das wolle? Ich wollte. Serena stand auf und ging mit ihrem prächtig in Vanille und Schokolade geteilten Körper in die Küche. Dann brachte sie den Chauasca mit der abgeriebenen Wurzel; wir tranken ihn. Ich schloss die Augen, und kurze Zeit später hörte ich das Geräusch eines Körpers, der den Boden entlanggekrochen kam. Adi! Dann kann ich mich an nichts mehr erinnern. Ich erwachte von der Explosion.

»Was war das?«

»Was?«

»Diese Explosion!«

»Ich habe nichts gehört.«

»Der Chauasca macht meine Ohren sensibel. Neulich habe ich das Brausen des Orinoko gehört.«

»Ich habe nichts gehört.«

»War Adi hier?«

»Ja.«

»War es schön?«

»Ja.«

»Mist!«

»Was ist los?«

»Es ist schon nach vier.«

Ich lief zu Hatoums Kneipe, im Ohr die Feuerwehrsirenen, die von irgendwoher in Brasilien ertönten, und mit noch schmerzenderen Rippen als am Tag zuvor. Der Pole saß alleine an einem Tisch und wartete auf mich. Die Hände gefaltet, als bete er. Er hatte geduscht, und sein feuchtes, rotes Haar wirkte dunkler, wodurch sein großer Kopf weniger flammend aussah. Er hatte auch seinen Bart gestutzt. Und war nüchtern. Doch verkündete er, dass er nicht mit mir den Rio Negro hinauffahren würde. Er hatte sich für die Fahrt fertig gemacht, war bereit, zum ersten Mal in fünf Jahren Hatoums Kneipe zu verlassen, hatte sich aber eines Besseren besonnen. Er würde nicht fahren. Mein Argument, er könne seinen Stuhl mitnehmen, wenn er wolle, half nichts.

Er würde nicht fahren. Ich seufzte entmutigt. Hatoum kam und brachte mir meinen Saft.

»Patavá. Gegen die großen Enttäuschungen.«

Ich fragte den Polen, ob er keinen Schnaps wolle. Er hob die Hand, als könne er nicht einmal das Wort hören. Er würde den Umstand, dass er geduscht und den Bart gestutzt hatte, dazu nutzen, formell unsere Abmachung zu schließen. Ob ich mein Tonbandgerät mitgebracht hätte?

Er war in der Tasche. Gut. Wir würden das Buch machen. Einen Roman, in dem alle Namen verändert würden. Sein Name durfte in dem Buch nicht auftauchen.

Auch nicht der von Rosa oder der Name der Meierhoff-Gruppe oder der von sonst jemandem. Wenn das Buch verfilmt würde, wollte er von diesem englischen Schauspieler dargestellt werden, wie hieß er noch gleich? Aber erst muss die Geschichte zu Ende erzählt werden, unterbrach ich ihn. Wie endete die Geschichte?

Bevor er in Paris in die Maschine nach Rio gestiegen war, hatte der Pole sich ein Paar Stiefel gekauft und zwei Telefonate geführt. Eines nach Brüssel und eines mit einer Klinik in Luxemburg. In Brüssel hatte er mit der schönen Beranger gesprochen, die über seine Scherze herzlich lachte, dann aber ernst wurde, um seinen Bericht zu notieren: Curtis war auf dem Weg nach Brasilien. Wahrscheinlich nach Rio, dann nach Manaus. Er würde ihm folgen, besser aber wäre, wenn sie ihn erwischten, ehe er losflog. Was Curtis am Amazonas wollte? Er hatte die verrückte Idee, ein Gegenmittel für die tödliche Epidemie zu entwickeln, die er im Kongo ausgelöst hatte. Er würde sich direkt zu einer Kolonie von Leuten ohne Daumen begeben (»Ohne was?!«, hatte Beranger entrüstet gefragt), die im Amazonasurwald auf das Ende aller Zeiten und ihre Himmelfahrt warteten. Es wäre gut, auch die Angehörigen der Meierhoff-Gruppe in Brasilien wegen der Ankunft von Curtis zu alarmieren.

»Die Meierhoff-Gruppe hat Leute in Brasilien?«, fragte ich.
»Die Meierhoff-Gruppe hat überall auf der Welt Leute. Die Meierhoff-Gruppe ist Herr der ganzen Welt. Hast du das noch immer nicht kapiert?«
Und das Telefongespräch mit der Klinik in Luxemburg? Hatte er Rosa angerufen? Das tut nichts zur Sache, sagte der Pole. Und fuhr mit seiner Geschichte fort.

Es war nicht bekannt, ob Curtis eine Verkleidung benutzt hatte oder wie er trotz der Überwachung durch die Meierhoff-Gruppe an allen europäischen Flughäfen unerkannt in die Maschine nach Rio gestiegen war. In Rio angekommen, war der Pole noch am selben Tag nach Manaus geflogen. Sowohl er als auch Curtis kannten dank der Informationen und der Karte des glücklosen Meisters in der Schweiz den genauen Ort, an dem sich die Kolonie der Daumenlosen befand. Sie lag exakt im Zentrum des vom Rio Negro, vom Amazonas und von der Äquatorlinie gebildeten Dreiecks. Als der Pole in der Kolonie eintraf, erfuhr er von deren Anführer, einem Dänen, dass Curtis zwei Tage zuvor dort gewesen war. Der Däne erzählte, er habe gute Gespräche mit dem Amerikaner geführt, den er auf die Existenz einer Pflanze aufmerksam gemacht hatte, die für gewöhnlich in dem von der Krümmung des oberen Kongo und der

Äquatorlinie gebildeten Halbkreis und in dem Dreieck vorkam, in dem sie sich befanden, nur dass ihre Frucht im Kongo nach unten und im Amazonasgebiet nach oben wuchs und dass darin das Gegenmittel bestehen konnte, das er suchte, um sein Verbrechen zu sühnen. Ob Curtis ihm erzählt hatte, worin sein Verbrechen bestand? Ja, natürlich, bestätigte der Däne. Ein furchtbares und zugleich gesegnetes Verbrechen, beschleunigte es doch die Ankunft des Endes. In Kürze würde die Epidemie die gesamte Erde überziehen, und das Gelübde aus dem ersten Brief des Paulus an die Thessalonicher würde in Erfüllung gehen. Die da lebten und übrigblieben, würden von der Erde entrückt in die Luft, dem Herrn entgegen. Und nach den Worten des Meisters würde der Herr unter ihnen die erwählen, die da ohne Schuld wären, die Sündenlosen, die Daumenlosen. Die Geläuterten. Und sie hätten Vorrang im Himmel.

Und wo befand sich der Amerikaner im Moment?

»Ich habe ihm gezeigt, wie man zu den Pflanzen gelangt, nach denen er sucht«, sagte der Däne. »Ich habe eine detaillierte Karte des Gewässerlabyrinths der Nebenflüsse der Nebenflüsse der Nebenflüsse des Rio Negro gezeichnet und den Ort markiert, an dem er die Pflanzen finden kann, um seine Alchemie zu betreiben, zumal er ja noch alle Finger hat. Er ist gestern früh aufgebrochen, alleine, in einem Kanu.«

»Wenn er Erfolg hat, wird er die Epidemie abwenden.«
»Er wird keinen Erfolg haben.«
»Warum nicht?«
»Weil die Epidemie irreversibel und das Ende unvermeidlich ist. Weil er nicht die Mittel hat, um die Pflanzen zu präparieren, und nicht die Zeit, um sie von hier aus in ausreichender Menge in ein entsprechend ausgestattetes Labor zu bringen. Und weil die Karte falsch ist.«
»Sie haben ihn allein mit einer falschen Karte in ein Gewässerlabyrinth fahren lassen?«
»Es ist unmöglich, eine Karte dieser Gewässer zu erstellen. Noch dazu mit nur vier Fingern. Ich habe mein Möglichstes getan.«
»Ich muss Curtis finden. Und Sie kommen mit mir mit.«
»Warum?«
»Ich brauche jemanden, der im Boot bleibt, falls ich an Land gehen muss.«
Der Däne versuchte zu protestieren, aber der Pole war doppelt so groß wie er. Und besaß alle Finger. Die beiden verabredeten, dass sie am darauffolgenden Morgen mit dem Boot aufbrechen würden.

Der Pole hatte sich über den Krach gewundert, der in der Kolonie veranstaltet wurde. Die ganze Nacht über hörte er das Geräusch von gegeneinanderschlagenden Töpfen und von Tellern, Kalebassen, Gläsern und Besteck, die auf den Lehmboden der Behausungen polterten. Am nächsten Tag erklärte ihm der Däne, dass die Gruppe auf diese Weise versuchte, Gottes Aufmerksamkeit auf die fehlenden Daumen an ihren Händen zu lenken. Sie ließen alles fallen, damit Gott sich ihres Opfers erinnerte. Nach dem Frühstück verabschiedete sich der Däne von seiner Tochter, einem sechzehn oder siebzehn Jahre alten Mädchen, das eine weiße und eine braune Seite hatte, und stieg mit dem Polen in das Motorboot, um Curtis hinterherzufahren.

Am sechsten Tag verlor der Pole nicht die Besinnung. Er war nüchtern. Hatte keinen Tropfen Cachaça angerührt. Doch bei Einbruch der Dunkelheit hörte er einfach auf zu reden. Er hielt weiter die Hände wie zum Gebet gefaltet und blickte ins Nichts. Ich überlegte, ihn zu fragen, vor wie langer Zeit Rosa gestorben war und wie er es erfahren hatte. Ich überlegte, ihn zu bitten, mir im vorhinein nur das Ende der Geschichte zu erzählen. Hatte er Dr. Curtis nun umgebracht, oder hatte er ihn nicht umgebracht? Doch sein Blick war der eines Menschen, der bereits nicht mehr da war. Bevor ich die Kneipe verließ, hörte ich, wie ein Ankömmling fragte, ob sie schon die Neuigkeit wüssten. Am Kai war nachmittags gegen halb fünf ein Boot explodiert. Einfach so von alleine explodiert.

Ob jemand ums Leben gekommen war? Wie es schien, nur der Bootsinhaber.

Vom Hotel aus rief ich Múcio in São Paulo an. Es trat eine merkwürdige Stille ein, als ich mich meldete. Dann die ebenso merkwürdige Stimme Múcios, die fragte, ob es mir gutginge.
»Ja, danke. Warum?«
»Ach nichts. Wie war … die Reise?«
»Sie hat nicht stattgefunden. Der Pole hat sich geweigert, in das Boot zu steigen.«
»Aha. Ich weiß Bescheid. Sehr gut. Nehmen Sie alles auf Tonband auf, was er sagt?«
»Ja. Ich glaube, morgen wird er mit der Geschichte zu Ende kommen.«
»Gut, gut. Halten Sie mich auf dem laufenden. Gute Nacht.«
»Gute Nacht.«
Merkwürdig.

Sapiri

Ein Telefon klingelte auf dem Grund des Flusses. Wie kann ein Telefon auf dem Grund eines Flusses klingeln? Es konnte nicht der Flussgrund sein. Ich verwandelte mich von einem schweißgebadeten Fisch zurück in einen Menschen, tauchte wieder an die Oberfläche und erwachte. Das Telefon klingelte neben meinem Kopfkissen. Arides von der Varig. Er hatte von Dr. Múcio Anweisung erhalten, am späten Nachmittag ein Tonband bei mir abzuholen. Einverstanden? Einverstanden. Anschließend ein weiteres Telefonat. Murilo. Was war am Tag zuvor geschehen? Ich erzählte, dass der Pole sich geweigert hatte, die Kneipe zu verlassen und das Schiff zu besteigen. Ob ich von dem Unfall am Kai gehört hatte? Von der Explosion? Ich hatte davon gehört, hatte die Detonation vernommen, aber was hatte das mit mir zu tun? Nichts, nichts. Alles Gute.

Serena gab auf mein beharrliches Drängen hin nach und erzählte mir, wie sich der Tod ihres Vaters zugetragen hatte. Eines Tages war ein seltsamer roter Mann zu der

Stelle im Urwald gekommen, wo die Daumenlosen auf das Ende der Welt warteten. Der rote Mann hatte ihren Vater über einen anderen Mann ausgefragt, der wie ein Verrückter aussah und der einige Tage zuvor eingetroffen war. Die beiden waren dem Mann, der wie ein Verrückter aussah, mit dem Boot hinterhergefahren. Sie wollten ihn am Nebenfluss eines Nebenflusses eines Nebenflusses des Rio Negro suchen. Im Gewässerlabyrinth. Serenas Vater hatte versichert, dass er sich mit dem großen, einschüchternden roten Mann nicht in Gefahr begab, was Serena die Gewissheit gegeben hatte, dass er in Gefahr war. Und sie hatte recht behalten, der große rote Mann war zwar im selben Boot zurückgekehrt, aber ohne ihren Vater. Die Daumenlosen hatten den großen roten Mann umzingelt und gefragt, wo ihr Anführer sei, und der große rote Mann hatte geantwortet, dass er bereits in den Himmel emporgefahren sei. Er sei vorausgegangen, als Anführer, der er war, dem Herrn in der Luft entgegen. Die Daumenlosen seien auf den großen roten Mann losgegangen, der in den Wald geflüchtet sei. Und welches Ende fand der große rote Mann, fragte ich Serena und streichelte die dänische Seite ihres Kopfes. Weißt du das? Wahrscheinlich ist er gestorben, antwortete Serena. Er wurde nie wieder gesehen. Wahrscheinlich ist er im Urwald ums Leben gekommen.

Der Pole empfing mich mit erstorbenem Blick. Er hatte bereits angefangen zu trinken. Er sagte, er wolle nicht mehr reden, er wolle nur noch dort auf seinem Stuhl sitzen, trinken und langsam krepieren. Wie ein Gentleman. Er sei ein Gentleman. Ich hätte die beiden, Rosa und ihn, sehen sollen auf dem Fest, das die Meierhoff-Gruppe für Dr. Curtis gegeben hatte. Nie war sie so schön gewesen. Und er war nicht bloß ein Widersacher, ein Auslöscher, ein menschlicher Torpedo, ein ehemaliger Seemann, ein früherer Söldner, ein bezahlter Killer, nicht bloß irgendein Pole fern seiner Heimat. Er war kein Jamal, kein sabbernder Türke. Er war ein Dichter, ein empfindsamer Mensch, ein Gentleman, dem eine Krawatte gut zu Gesicht stand. Und jetzt wollte er nur noch langsam krepieren auf seinem Stuhl, wie ein Gentleman. Mit der Eleganz, die jemandem, der nicht einmal mehr Schuhe tragen konnte, noch eben möglich war. Er hatte seine Arbeit erledigt, hatte getan, was notwendig war. Er hatte ein Recht darauf, in Frieden vor sich hin zu krepieren, wie ein Gentleman.

»Und unser Buch?«, fragte ich.

»Schreib das Buch. Aber benutz nicht meinen Namen. Denk dir einen aus. Leg mir die Worte in den Mund. Mach deinen Roman.«

»Ich brauche ein Ende.«

»Erfinde eins.«

»Ich brauche Ihr Ende. Das wahre.«

»Woher weißt du, dass mein Ende nicht ebenfalls erfunden ist?«

»Seit einer Woche höre ich mir Ihre Geschichten an. Sie hatten noch nie einen besseren Zuhörer als mich. Ich bin der ideale Zuhörer. Sie schulden mir ein Ende.«

In die blutunterlaufenen Augen des Polen kam wieder Leben. Er schaute mich eine Weile lang schweigend an. Dann bleckte er seine gelben Zähne, erhob sein Glas und verlangte: »Hatoum: Cachaça!«

Hatoum brachte dem Polen seinen Schnaps und mir ein Glas Fruchtsaft.

Einen dunklen Saft. Geronnenes Blut. Was war das?

»Sapiri«, sagte Hatoum.

»Und wozu ist der gut?«, fragte ich.

»Das hängt von Ihnen ab. Er hypnotisiert, tötet oder lässt vergessen. Sie haben die Wahl.«

Vor allem anderen entschied ich mich dafür, nicht zu sterben. Entschlossen, bis zum Ende hypnotisiert zu bleiben und alles zu glauben, trank ich den ersten Schluck Sapiri-Saft. Der perfekte Zuhörer würde jetzt nicht das Handtuch werfen. Ich schaltete das Tonbandgerät ein.

Unterwegs in einem kleinen Motorboot und ohne Landkarte, hatten der Pole und der Däne eine alte Regel befolgt, um sich in einem Labyrinth nicht zu verirren.

Man muss stets und ständig zur gleichen Seite abbiegen. Sie nahmen den ersten Nebenfluss des ersten Nebenflusses des ersten Nebenflusses des ersten Nebenflusses des Rio Negro rechts, immer rechts, und ehe sie sich's versahen, waren sie wieder auf dem Rio Negro. Dann machten sie es andersherum und nahmen den ersten Nebenfluss des ersten Nebenflusses des ersten Nebenflusses des ersten Nebenflusses des Rio Negro links, immer links, und ehe sie sich's versahen, befanden sie sich auf einem geraden, ruhigen Wasserlauf ohne Nebenflüsse, der sich immer mehr zu verengen schien, je weiter er in den Urwald hineinführte, bis die Baumkronen über ihren Köpfen sich schlossen und der Fluss sich in einen Tunnel mit schwarzem Grund und durchbrochener Decke verwandelte, durch die das Pulver des Spätnachmittagslichts – es war bereits später Nachmittag – in Serpentinen hereinfiel, die in den Zweigen hängenblieben, ohne das schimmernde Wasser zu erreichen.

»Iguê-ago«, sagte der Pole.

Der Däne war überrascht. Der Pole kannte also den Mythos vom Fluss der Einsamkeit, vom Fluss, der nicht existierte, vom letzten Fluss? Der Pole erzählte, dass er schon oft am Amazonas gewesen sei. Und dass er schon viel am Amazonas getötet habe.

»Ist das Ihr Beruf? Töten?«

»Ja.«

»Werden Sie den Amerikaner töten, falls wir ihn finden?«

»Ja.«

»Falls wir ihn finden …«

»Wir haben ihn bereits gefunden«, sagte der Pole und deutete nach vorn.

Fünfzig Meter vor ihnen schien der Tunnel zu enden. Die Ufer schienen sich zu berühren, der Wald schloss sich von beiden Seiten und lief spitz zusammen wie zwei Wände. Die Stille war vollkommen. Auch die Dunkelheit war beinahe vollkommen, doch konnte man ein Kanu, dessen Bug am Ende des Flusses im Schlamm steckte, und eine menschliche Gestalt mit gebeugten Schultern erkennen, die mit dem Rücken zu ihnen am Heck saß.

»Hatoum, dieses Glas taugt nicht mehr. Bring ein volles.«

Ich hatte meinen Sapiri-Saft nicht mehr angerührt. Ich war noch hypnotisiert.

»Wie werden Sie ihn töten?«, hatte der Däne gefragt.

Der Pole zeigte seine Hände. Er liebte das Altmodische.

»Muss er sterben, um für das zu bezahlen, was er getan hat?«, wollte der andere wissen.

»Nein, um für das zu bezahlen, was er nicht getan hat. Er hat nicht stillgehalten. Hat sich nicht der Gartenarbeit und dem Golfspielen verschrieben.«

Sie kamen dem Kanu immer näher. Curtis hatte sie bereits gehört, hatte den Motor des Bootes gehört, sich aber nicht umgedreht, um nachzuschauen, wer es war. Möglicherweise war er schon tot.

»Vielleicht ist er schon tot«, sagte der Däne. »Niemand kehrt lebend vom Iguê-ago zurück.«

Der Pole rief:

»Dr. Curtis!«

Curtis hob den Kopf. Den Blick nach vorn gerichtet, fragte er:

»Wer sind Sie?«

»Jósef Teodor. Wir sind uns bereits begegnet. Im Hotel Meierhoff. Sie haben gesagt, Sie hätten noch nie einen so eleganten Killer kennengelernt wie mich. Ich war mit Rosa da.«

Schweigen. Und dann:

»Rosa …«

»Erinnern Sie sich an sie? Sie liegt im Sterben. Vielleicht ist sie schon tot. Ein weiteres Opfer Ihrer Seuche.«

Ohne sich umzudrehen, machte Curtis eine Handbewegung. Er deutete auf den Urwald, der sie von drei Seiten umgab.

»Hier liegt die Heilung. Für Rosa. Für die ganze Welt. Für mich.«

»Nein. Es gibt keine Heilung. Und Sie sind nicht wegen der Heilung hergekommen.«

»Weswegen bin ich dann gekommen?«

Der Pole schaltete den Motor des Bootes aus, das nun quer zu dem Kanu stand und dessen Heck berührte. Fäulnisgeruch entströmte dem schwarzen Schlamm rings um die beiden Boote. Curtis' Hals befand sich in Reichweite der Hände des Polen. Der Lautlosen. Und Curtis hatte sich noch immer nicht umgewandt, um dem Polen ins Gesicht zu blicken.

»Deswegen sind Sie hergekommen. Um dieses Endes von allem willen. Um dieser Stille willen, dieser Finsternis, dieses lehmigen Brackwassers im Herzen des Bösen. Denn hier, im wilden Kern der Welt, enden Ihre Gewissensbisse. Am Iguê-ago endet alles, was menschlich ist.«

Oder so ähnlich. Ich befolge die Anweisungen des Polen und fabuliere ein wenig.

»Und Sie auch«, sagte Curtis, noch bevor er sich umwandte.

»Was, ich auch?«

»Sie sind ebenfalls hergekommen, um Ihre Seele zu finden und ihre Schuld zu tilgen.«

»Ich bin gekommen, um meine Arbeit zu tun.«

»Ich habe die meine getan. Um alle Barbaren auszulöschen und die Welt zu retten. Nicht, um Ihre Rosa umzubringen.«

»Sie sind mit Ihrer Arbeit gescheitert. Ich werde mit meiner nicht scheitern. Drehen Sie sich zu mir herum.«

Curtis schaute weiter geradeaus.

»Drehen Sie sich um!«, wiederholte der Pole. »Sehen Sie mir ins Gesicht.«

»Bringen Sie mich rücklings um. Das ist Ihr Job.«

»Drehen Sie sich um.«

»Tun Sie Ihre Arbeit wie ein gut abgerichtetes Tier.«

»Ich bin Dichter.«

»Sie sind ein Tier. Tun Sie schon Ihre Arbeit.«

»Je suis un poète!«, schrie der Pole und packte Curtis am Hals. Von hinten konnten seine mächtigen Daumen nicht an den Adamsapfel des Amerikaners reichen und ihn zermalmen. Aber es gibt noch zwanzig andere Arten und Weisen, einen Menschen mit bloßen Händen zu töten.

»Je suis un poète!«

Nachdem er Curtis' Leiche in den übelriechenden Schlamm geworfen hatte, wandte sich der Pole zu dem Dänen um. Der wusste, dass er der nächste sein würde, und versuchte, ein Ruder vom Boden des Schiffs hochzuheben, um sich zu verteidigen. Ohne Daumen konnte er es nicht halten. Das Ruder versank ebenfalls im Schlamm.

»Werden Sie mich umbringen?«, fragte der Däne.

»Ja. Sie haben schon zu viel gesehen und gehört. Und wir wollen den Mythos vom Iguê-ago nicht Lügen strafen. Niemand kommt lebend von hier fort.«

»Auch Sie werden nicht von hier fortkommen.«

»Wenn ich hier fortkomme, dann werde ich zu meiner freudigen Überraschung feststellen, dass dies nicht der Iguê-ago ist. Dass der Iguê-ago nicht existiert.«

»Hören Sie …«

»Warten Sie nicht auf Ihr Rendezvous mit dem Herrn in den Lüften? Ich werde Sie früher zum Rendezvous schicken.«

Auch die Leiche des Dänen versank im übelriechenden Schlamm. Jósef, dem Torpedo, der nie sein Ziel verfehlte, bereitete es keine Schwierigkeiten, in das Dorf der Daumenlosen zurückzukehren; er fuhr zurück zur Mündung des Tunnelflusses und nahm dann stets den ersten Nebenfluss sämtlicher Nebenflüsse rechts, immer rechts. Als er im Dorf ankam, sprach die Tochter des Dänen, das zweigeteilte Mädchen, ihn an. Wo war ihr Vater? Dann wurde er von einer Schar Daumenloser umzingelt. Wo war ihr Anführer, der Mann, der sie befehligen würde, wenn die Seuche die Herrschaft über die Welt übernommen hätte und die Stunde der Himmelfahrt gekommen sei? Der Pole antwortete, er sei bereits zu seinem Rendezvous mit dem Herrn in den Lüften unterwegs. Die Menge wurde feindselig, einige griffen ihn sogar mit ihren vierfingrigen Fäusten an, und der Pole war gezwungen, in den Urwald zu fliehen.

Er wusste nicht, wie lange er in Richtung Manaus durch den Wald gelaufen war. Tagelang hatte er sich mit den Händen einen Weg durch die dichte Vegetation gebahnt, hatte Regenwasser getrunken, sich von Früchten und Reptilien ernährt, war gewaltigen Schlangen begegnet, Schweinsfischen, die auf der Suche nach Frauen rudelweise in den Urwald eindrangen, und hundsgroßen Kröten, und hatte dabei zugesehen, wie sich die Stiefel, die er vor seinem Abflug nach Brasilien in Paris gekauft hatte, beim Gehen auflösten, bis er mit anderen Stiefeln aus Lehm und Blut an den geschwollenen Füßen Hatoums Kneipe erreicht hatte. Ein schwarzfüßiges Gespenst. Warum hatte sich er ausgerechnet Hatoums Kneipe ausgesucht?

Doch der Pole war schon im Begriff, in seinen Dämmernebel zu entschwinden, und hatte keine Macht mehr über seine Zunge. Das letzte, was er sagte, bevor er mit dem Kopf im Nest seiner Arme auf dem Tisch liegend einschlief, war etwas über den Schauspieler, der ihn darstellen sollte, wenn seine Geschichte verfilmt würde. Dieser Engländer, wie war noch gleich sein Name? Das waren die letzten Worte, die ich von dem Polen hörte.

»Mehr Saft?«, fragte Hatoum.

Mein Glas war noch halbvoll. Was er mich damit eigentlich fragte, war, ob ich nicht lieber all das vergessen wollte. Auch ich hatte bereits zu viel gesehen und gehört. Es war eine unsichere Angelegenheit, sich zu erinnern. Es war eine unsichere Angelegenheit, über das zu schreiben, was ich gesehen und gehört hatte. Daran dachte ich zu dem Zeitpunkt nicht. Ich war entschlossen, alles aufzuschreiben, und wenn es nur dazu war, bei Alvarinho, dem Arschloch, Eindruck zu schinden.

Auf dem Weg zum Hotel warf ich bei einem Kiosk einen kurzen Blick auf die Zeitung und sah, dass das am Vortag am Kai explodierte Schiff die »Márcio Souza« gewesen war und das einzige Opfer der Explosion ihr Besitzer namens Genoino. »Márcio Souza«, das Boot, das Múcio besorgt hatte, um uns den Rio Negro hinaufzufahren. Seltsam, dieser Zufall.

Ich übergab Arides von der Varig das Tonband mit dem Bericht über das Ende des Dr. Curtis. Am nächsten Tag würde es bei Múcio sein. Der Pole hatte gesagt, die Meierhoff-Gruppe habe »Leute« in Brasilien. Er selbst sei bereits in Brasilien, am Amazonas und andernorts, für die Meierhoff-Gruppe tätig geworden. Als Widersacher, als Auslöscher, habe er stärker in die Geschichte des Landes eingegriffen, als ich mir vorstellen könne. Ob Dr. Múcio mit seinem Bauch und seinen Hosenträgern wohl zu den »Leuten« der Meierhoff-Gruppe in Brasilien gehörte? Ich habe Hosenträgerträgern noch nie so recht über den Weg getraut. Ich überlegte: Nachdem der Pole seinen letzten Bericht über die Verfolgung von Curtis in Orvieto, der Schweiz und Chartres erstattet und angekündigt hatte, er würde Curtis nach Brasilien hinterherfliegen, hatte er nie wieder Kontakt zu der Gruppe gehabt. Fünf Jahre lang hatten weder die lustige Beranger, noch die mütterliche Gundrum, noch die düstere Mathilde irgendeine Nachricht von Jósef, dem Torpedo, erhalten. Niemand wusste, wo er sich befand und ob er Curtis erwischt hatte. Und plötzlich hatte Múcio, ausgerechnet der dicke Múcio, erfahren, dass in einer Kneipe in Manaus ein betrunkener Pole namens

Jósef Teodor einem Banalitätenreporter oder wem auch immer, der es hören wollte, sein Leben ausschüttete … Gewiss hatte Múcio sich mit der Organisation ins Benehmen gesetzt, die nun die notwendigen Vorkehrungen traf, damit das EAB-Projekt und sein Scheitern weiterhin geheimblieben. Welche Vorkehrungen mochten das sein? Ehe ich mir selbst antworten konnte, schlief ich ein. Mir träumte, dass ich eine Schildkröte war.

WASSER

Am nächsten Tag redete ich zum ersten Mal mit Serena über den Polen. Über meine Gespräche mit dem Mörder ihres Vaters in einer Kneipe unweit ihres Hauses. Sie fragte, ob das nicht eine meiner Wahnvorstellungen sei, so wie ich das Brausen des Orinoko und Adler in anderen Kontinenten hörte. Nein, ich hatte den Polen fotografiert, hatte seine Stimme auf Tonband aufgenommen, es war keine Wahnvorstellung. Sie bat darum, die Fotos sehen und die Aufnahmen hören zu dürfen. Ich sagte, die Fotos und die Aufnahmen seien nach São Paulo geschickt worden, was ihr Misstrauen mehrte, oder vielmehr das Misstrauen ihrer indianischen, ihrer skeptischen Seite. Ich hätte Wahnvorstellungen. Zu guter Letzt habe Manaus mich völlig verhext. Die Hitze habe mich verrückt gemacht. Der große rote Mann war im Urwald gestorben, er konnte nicht mehr am Leben sein. Ich beharrte darauf, dass der Pole lebte. Er befand sich in diesem Moment nicht weit entfernt in einer Kneipe. Wir könnten hingehen, wenn sie wollte. Wie die Kneipe heiße? Der Name der Kneipe? Das wusste ich nicht. Mir war nie in den Sinn gekommen, auf den

Namen von Hatoums Kneipe zu achten. Serena gelangte zu dem Schluss, dass ich zu viel Chauasca getrunken hatte.

Hatoums Kneipe hieß »Rosa«. Rosas Kneipe! Als ich hereinkam, fragte Hatoum, was für einen Saft ich trinken wolle. Zum ersten Mal schlug er mir keinen Saft vor. Ich hatte seinen Rat nicht befolgt, hatte den Sapiri-Saft nicht getrunken, um zu vergessen. Ich hatte ihn getrunken, um mich weiter erinnern zu können, um aufzuschreiben, was ich wusste. Er übernahm nicht länger die Verantwortung für mich.

»Geben Sie mir ein Glas Wasser«, bat ich.

Die Kneipe war leer, mit Ausnahme des über einen Tisch gebeugten Polen.

»Er ist heute noch gar nicht aufgewacht«, sagte Hatoum.

»Atmet er?«

»Ich glaube schon. Ich bin nicht hingegangen, um nachzusehen.«

Ich betrachtete Józef Teodors über die Tischplatte gebeugte Gestalt, die schwarzen Füße unter seinem Stuhl. Er war ein Monstrum, aber als ich ihn so sah, konnte ich nicht anders, als Mitleid zu empfinden. Er war in Hatoums Kneipe gekommen, weil sie »Rosa« hieß. Und hatte sie nicht mehr verlassen. Er hatte Zuflucht bei seiner Rosa gesucht, wo er langsam und friedlich wie ein

Gentleman zu krepieren beabsichtigte. Wenn er nur nicht diesen Redezwang gehabt hätte ... Falls es nicht der Schnaps war, der da sprach.

Ich malte mir aus, was Serena tun würde, wenn sie sich davon überzeugte, dass dort der Mörder ihres Vaters saß. Vielleicht würde sie ein wenig von der gemahlenen Wurzel holen und in seinen Cachaça schütten, um Adi, die Schlangenfrau, herbeizurufen, die die Knochen des großen roten Mannes zermalmen würde, ohne dass er sie sehen könnte. Oder aber ...

»Er atmet nicht.«

»Was heißt, er atmet nicht?«, fragte Hatoum.

Wir traten an den Tisch. Es gab keinen Zweifel. Der Pole war tot.

»Schauen Sie. Sein Nacken.«

Im Nacken war ein tiefes Loch. Wie von einem Dolch, einem, wie er zum Töten des Stiers verwendet wird, wenn der Degen des Matadors das Herz nicht getroffen hat. Das Loch war leer. Der Dolch war geschmolzen.

Hatoum bot mir abermals Sapiri an. Um alles zu vergessen. Ich lehnte ab.
Ich werde die Geschichte des Polen niederschreiben, mit all dem Potenzial, vor denen sie nur so strotzt.
Und dann möchte ich sehen, ob Alvarinho, das Arschloch, mich zu Reportagen über Hundefriseure losschickt.

Régis de Sá Moreira
Das geheime Leben der Bücher

Roman

Er hat sein ganzes Sein seiner Buchhandlung und den Büchern verschrieben. Sein Laden ist sein Universum, in dem und für das er lebt. Hier in seinem Reich empfängt er seine Kunden, durchlebt Ängste und Freuden, erinnert sich wehmütig an vergangene Lieben, hält Kontakt zu seinen zehn Geschwistern, und vor allem kann er seiner Passion nachgehen, dem Lesen. Denn wenn er sich in den Seiten eines Buches verliert, hat er das Gefühl, geliebt zu werden. Und wie in jeder echten Liebesbeziehung fühlt er sich für sie verantwortlich. Manchmal sogar so sehr, dass ein Kunde seinen Laden ohne ein Buch verlassen muss, da er immer ein wenig Angst hat, seine Bücher könnten in falsche Hände geraten.
Im Mittelpunkt von Régis de Sá Moreiras Geschichte steht ein wunderbar altmodischer und liebenswürdiger Buchhändler: einer der letzten seiner Art, der uns – auf wunderbar poetische Weise – den Glauben an die Wirkung von Büchern wiedergibt.

»Wie in einem schönen Traum.«
Für Sie

»Ein minimalistisches Kunstwerk.«
Facts

Droemer

Levi Henriksen
Bleich wie der Schnee

Roman

Dan Kaspersen sieht sich von allen Seiten verfolgt, seitdem er vor zwei Jahren zu Unrecht ins Gefängnis geriet. Bei seiner Rückkehr tun sich hinter der idyllischen Fassade seines Heimatortes ungeahnte Abgründe auf: Sein jüngerer Bruder Jakob soll Selbstmord verübt haben – ohne ihm einen Abschiedsbrief zu hinterlassen. Damit nicht genug: Der ortsansässige Polizist wirft Dan vor, aus Rache einen Überfall mit möglicherweise tödlichen Folgen verübt zu haben. Als schwarzes Schaf gebrandmarkt, will Dan nur noch eines: weg aus dem Dorf, das offenbar beschlossen hat, ihn zu vernichten. Bis er auf Mona Steinmyra trifft, eine junge rothaarige Frau, die ihn die Kraft von Liebe und Vergebung lehrt – und ihm im kalten Land der Einsamkeit die Augen öffnet für die Wahrheit.
In der Nachfolge von Jostein Gaarder und Erik Fosnes Hansen wurde Levi Henriksen von den norwegischen Buchhändlern zum besten Autor des Jahres 2004 gewählt.

»Das Etikett Krimiautor aus dem Norden verspricht allzu oft mehr, als es zu halten vermag. Levi Henriksen aus Norwegen gehört nicht zu der Kategorie. Mit seinem Erstling *Bleich wie der Schnee* legt er einen Kriminalroman vor, der literarische Qualitäten hat.«
Stuttgarter Nachrichten